アナザーホリック ランドルト環エアロゾル

講談社

xxxHOLiC ANOTHERHOLiC Landolt-Ring Aerosol NISIOISIN × CLAMP

×××HOLiC

原作　CLAMP

アナザーホリック　ランドルト環エアロゾル

西尾維新
NISIOISIN

×××HOLiC ×××HOLiC ×××HOLiC ×××HOLiC

ブックデザイン
斉藤昭＋兼田弥生（Veia）
◆
イラスト
CLAMP
◆
フォントディレクション
紺野慎一（凸版印刷）

本文使用書体／漢字部分：A-OTF リュウミン Pr5 L-KL　かな部分：A-OTF リュウミン Std L-KS

xxxHOLiC xxxHOLiC xxxHOLiC xxxHOLiC

登場人物紹介

xxxHOLiC

xxxHOLiC

壱原侑子（イチハラユウコ）―― 店主

四月一日君尋（ワタヌキキミヒロ）―― 高校生

百目鬼静（ドウメキシズカ）―― 高校生

九軒ひまわり（クノギ）―― 高校生

芹沢施工（セリザワセコウ）―― 高校生

櫛村塗絵（クシムラヌリエ）―― 会社員

日陰宝石（ヒカゲホウセキ）―― 大学生

鹿阪呼吸（シカサカコキュウ）―― 大学生

化町婆娑羅（バケマチバサラ）―― 物理学者

「いや、幽霊はいるよ。見えるし、触(さわ)れるし、声も聞こえるさ。しかし存在はしない。だから科学では扱えない。でも科学で扱えないから、絵空事だ、存在しないというのは間違ってるよ。実際いるんだから」

京極夏彦『姑獲鳥(うぶめ)の夏』

『xxxHOLiC ANOTHERHOLiC Landolt-Ring Aerosol』　The First Story『OUTERHOLiC』

第一話◆アウターホリック

——残忍な眼。

その黒髪の女性——壱原侑子に相対し、私が最初に抱いた印象は、その一言に尽きた。

——怖い眼。

——酷い眼。

——妖艶な眼。

——硬質な眼。

——人を人とも思っていない眼。

——人を裏側から見るような眼。

——見透かしたような眼。

——値踏みするような眼。

——世界を逆様に規定する眼。

——世界の有様を否定する眼。

そんな、眼。

そんな両の眼で自分の身体を見詰められていることに耐えられなくなって——それに、そんな両の眼を見続けることに耐えられなくなって、私は、意識的に、視線を下に落とした。

そこにはカップに淹れられた珈琲がある。

四月一日君尋というあの子が用意してくれたものだ——席につくなり珈琲がいいですか紅茶がいいですかと訊いてきたので、私は珈琲と答えた。

私は紅茶が飲みたかったのに。

砂糖もミルクも断った。

苦い珈琲なんて飲めたものじゃないのに。

名乗ったきり一言も発せず、ただ私をじっと見るばかりの、彼女の前には、全く同じ条件の珈琲。ただし、きっと壱原さんは珈琲が飲みたかったのだろうし、砂糖もミルクも必要ないのに決まっている。

湯気の立つ、黒い液体。

真っ黒い液体。

——ああ。

もしもこの液体を——目の前の彼女にぶちまけたなら、彼女は一体、どんな顔をするだろう。どんな眼になって、壱原さんは私のことを見るだろう。

そんなこと、やっちゃあいけないことだ。

怒るに決まっている——私と彼女は初対面だ。

この『店』にも、四月一日くんが親切心で連れてきてくれただけに過ぎない——カウンセラーだかなんだか知らないが、私と壱原さんとの間には、縁もゆかりもないというのに――

「侑子でいいわ」

と。

なんとなく、間を持たすために、カップの取っ手に私の指が触れたところで――壱原さんから、呼んでもいない彼女の名前を、訂正された。

「それから――今、あなたがやろうとしていること。やめておきなさい」

そして畳み掛けるように言う。

はっと、私は顔を上げた。

彼女は――先刻までと全く変わらない眼で。

じっと、私の顔を見ていた。

そこで壱原侑子は、くすりと微笑する。

「ああ、それとも、あるいは櫛村塗絵(クシムラヌリエ)さん。あなたに対しては、こういった方がいいのかしらね――」

「やれるものなら(ヤレルモノナラ)、やって御覧なさい(ヤッテゴランナサイ)」

○　○

世に不思議は多けれど
どれほど奇天烈
奇々怪々なデキゴトも
ヒトが居なければ
ヒトが視なければ
ヒトが関わらなければ
ただのゲンショウ
ただ過ぎていくだけの
コトガラ

人
ひと
ヒト
ヒトこそこの世で
最も摩訶不思議な
イキモノ

○　○

四月一日君尋には、見る眼がある。

と言っても、『あんな無頼な振る舞いをしてはいるが、彼はこの先かなりの大人物になるだろう。もっとも、ひょっとすると、それは我々の恐るべき敵として、なのかもしれないがね』とか、『彼女のことは信用できる。あの乱暴な口の利き方はただのポーズで、根っこのところはなかなかどうして、素直な少女だよ。あとは彼女が、自分自身を許すことさえできればいいんだけれどね』なんて具合に、他人の性格・人格・ひととなりについて、常人を超えた深い洞察力を持っているという意味ではない。

そもそも、見る眼ではなく視る眼。

人を見る眼ではなく、あやかしを視る眼だ。

あやかしというのは、換言すればそのあたりにいるものであって、更に言うなら、本来ならば見えないはずのものである。

この世のものでないもの。

見えてはいけないもの——なのかもしれない。

だが視える。

四月一日君尋の眼には、はっきりと。

それは彼にとっては悩みごとだった。

それは能力ではなく機能であって、生来であって後天でなく、自らの精神に起因せずに肉体を流れる血にこそ起因する、切実な『現象（ゲンショウ）』だったから——自分ではどうやっても解決することのできない、悩みごとだった。

その上、視えるだけならまだしも、その血を求めてあやかしの方から寄ってくるというのだから、これはもう、始末に負えない。

後始末にだって負えないだろう。

打てるだけの手を打とうにも、最初から手段が尽きているようなそんな状況、そうなればいっそ、これはどうしようもないことだと諦めてしまうのが、ともすれば最良の選択なのかもしれなかったが、しかし、それでも、それを重々承知した上でも、四月一日が、願わない日はなかった。

視えなくなればいいのに。

そう願わない日はなかった。

願いというより祈りのように。

そんな彼の望みが届いたのは、数ヵ月前のこと。

「や。絶対騙されてるって、おれ！」

彼の通う私立十字学園の最寄駅から、更に電車で数十分ほど東に向かったところにあるＪＲ硝子駅——その改札口のそばに並んだコインロッカーの前に佇んで、ぶるぶると肩をふるわせながら、四月一日君尋は、呟いた。否、それは呟きというには若干フキダシの形がギザギザだったので、周囲を通る人々は、そんな四月一日を大きく迂回するような統制のとれた動きを見せている。

彼の手には一通の手紙が握られている。

簡潔な内容の手紙だった。

『伊達眼鏡（眼帯じゃない奴）』

手紙ではなく単なるメモと見るべきかもしれない。

ちらりと、四月一日は正面のロッカーを見遣る。

45番。

そのロッカーの中に、このメモは入っていたのだ。

「口で言えばいいじゃないかよ、こんなの！　なんでいちいちこんな手の込んだ回りくどい真似——て言うか『伊達眼鏡（眼帯じゃない奴）』ってどういう意味だよ！　伊達眼鏡と眼帯を間違える奴なんかいねえよ！　あ、わかった、ずんだもちで有名な仙台の伊達政宗の眼帯と掛かってるんだ！　うわっ、わかりづらい上に突っ込みづれえ！」

時刻は夕刻、帰宅ラッシュ。

ここにいない人物に対して一人怒鳴り続ける四月一日君尋の周囲からは、引き潮のようにどんどんと人間が引いていくが、しかしそんなこと、このときの彼にとってはどうでもいいことに近かった。

昨日のことである。

彼はバイト先の店主から一つの鍵を受け取った。45と彫られた鍵——つまりはこのコインロッカーのキーだった。詳しいことは何一つ喋らず、教えてくれず、その店主（といっても、四月一日の他には、店員なんだかなんなんだかよくわからないのが二人と黒い雪見だいふくみたいな愛玩動物っぽいのが一匹いるだけだが）は、「ちょっとこの扉を、開けてきて頂戴」とだけ、四月一日に言ったのだった。

「苦労してこの鍵がこのＪＲ硝子駅のコインロッカーのものだと突き止めてみたら、次の指令が入ってるのかよ！　小学生のウォークラリーかよ！」

怒鳴っても叫んでも、虚しいばかりだった。

つまり、これは『伊達眼鏡を探せ！』という、あの店主からの指令なのだろう。勿論、伊達眼鏡を手に入れたところで話が終わるとは思えない、その先にもまた、新しい指令が用意されている可能性が高い。そしてその先にも、その先にも……。

「あの人、おれで遊んでるだけじゃないのかよ……こんなの、あの店の仕事に何の関係があんだよ」

ふるえていた肩を、がっくりと落とす。

どうやら、なんとか折り合いがついたらしい。

そう。

こんな馬鹿馬鹿しい、お遊びおふざけとしか思われない行為であっても、それがあの店主——壱原侑子の指示である以上、四月一日は従わざるを得ないのだった。

絶対服従である。

何故なら、これは、正当な対価（タイカ）だからだ。

視る眼を、視えなくするための——対価。


「あーあ……」

壱原侑子の店——四月一日君尋のバイト先は、どんな（ドンナ）『願い（ネガイ）』も叶う店（カナウミセ）。それ相応の対価を支払えば、それがたとえどんな無茶苦茶、奇想天外な願いであっても——

あやかしが視える眼を、あやかしが寄ってくる血を、あやかしの視えない、あやかしの寄ってこない血にして欲しいというような願いであっても、叶えてくれる店。

望みが、届く店。

「……や。けどなんか、おれ、ひょっとしたらドラゴンボールを集めた方が早いんじゃないかってくらい、こき使われてんだけど……本当にあの人、おれの願いを叶えてくれる気なんかあるのかよ」

実際。

数ヵ月のバイト生活の中、四月一日は侑子が、人の願いを、対価と引き換えに叶えるのを、そばで見ていたし——だから、きっと彼女には、それだけの『力（チカラ）』があるのだろうけれど。

その『つもり（ツモリ）』があるのかどうかは怪しかった。

「あれだけ普段から『対価』『対価』って言ってるんだから、まさか只働きなんかさせないだろうけど……でも、伊達眼鏡なんかどうするんだ？　掛けるのか？　侑子さんが掛けちゃうのか？　それともこの先、おれの行く手にはわらしべ長者のような壮大なサクセスストーリーが待ち構えているのか？　おれ、大金持ちになっちゃうのかよ……どきどきわくわくじゃねえか、畜生。とにかく」

いつまでもここにいても仕方がない。

四月一日はそう思って、思考を巡らせる。伊達眼鏡なんて買ったことどころか欲しいと思ったことさえないから、どこにいけば手に入るのか、見当もつかない。伊達というからには度が入っていてはいけないのだろうし、それに、多分、そうそう値の張るものを求められているわけでもあるまい。サングラスが欲しいのならばそう書くはずだから、色がついていない方がいいのだろう。となると、総合的に考えて……

「この辺は土地勘ないけど……まあ、あっちこっち巡るよりは、いいか。あれがないってことはないだろう」

目指す先は決まった。

百円ショップだ。

ある程度土地が栄えていれば今やコンビニ並みにどこにでもあるし、品揃えにしたって大抵のものはある、その上で全ての商品が百円である。ここから物語がどういう展開を見せるかわからない以上、経費は必要最低限に抑えておくべきなのだから、百円という数字はもってこいだった。

駅から外に出て、百円ショップを探す。

幸い、道路を挟んだ向こう側にすぐ見つかった。横断歩道を渡って、店内に入り、日用雑貨コーナーを探す。こんなの掛ける奴は日本にはいないというような奇抜なフォルムのサングラスに混じってあった、目的の品物を、四月一日は発見した。

「て言うか老眼鏡も百円で売っちゃってるのかよ……ものすげえ時代だな。で、まあ、なるべく、安っぽく見えない奴……と。あー、でも、百円じゃやっぱ、それにも限界はあるな……まあいいか。色は、なんとなく、赤……」

で、お買い上げ。

消費税込みで百五円になった。細かいのがなかったので千円札を使うことになり、大量の小銭を入手する羽目になった。お釣りで小銭が多いとき、なんだか自業自得っぽくて虚無感に包まれる四月一日だった。

店を出たところで、しばらく待つ。

待つのは次の指令である。

コインロッカーに続く第二のミッション、伊達眼鏡はこの通り入手した。さてこの状況で、一体どんな風に次の指令が自分に伝えられるのか、柄にもなく、四月一日は少しばかり胸を弾ませながら、待ったのだった。

背後からか、空からか、地中からか、あるいは超音波で頭の中に直接指令が……！

「…………………………」

来なかった。

どうやら、伊達眼鏡を買ったところで、本日の侑子さんクエストはおしまいらしい。

「なんだよ……おれ、大金持ちになれるんじゃなかったのかよ。がっかりだ」

考えようによっては至極勝手極まりない台詞を、今度はさすがに小声で呟いて、それから四月一日は大きくため息をつき、潔く帰路につくことにした。もう結構な時間だ、この伊達眼鏡を侑子の店に届け、彼女の晩御飯を作れば、今日のバイトはおしまいとなるだろう。さて、今日は一体、どれくらいの対価を、積むことができただろうか。レベルを98から99にあげるためにダンジョンをぐるぐる回っているRPGの主人公みたいな気分だった。徒労という言葉を実戦演習しているがごとしである。

「スタンプカードでも作ってくれないかな……そうすりゃちょっとは、自分の歩いている道程ってのがわかろうもんなのに」

それとも、ゴールが見えた方が見えないよりも絶望するくらい、遠い道程なのだろうか。千里の道も一歩からとはよく言うが、一歩一歩を数えているようでは、到底千里に達することはできないのと同じように。

ともあれ、今考えるべきは、ここまでの一連の流れが侑子さんの仕込んだギャグだったとして、見事なまでの大滑降のごときこの滑りっぷりに対し、果たして自分は店に戻ってからどんなリアクションを取るべきなのかということだった。ギャグそのものどころかタイミングまで外れているのだから、それは伊達政宗の眼帯を探す以上の無理難題であるようにも思われた。

横断歩道に向かう。

信号は赤だった。

クルマもびゅんびゅん走っているし、当然、四月一日は、足を止める。同じく、横断歩道を前に足を止めている人が、五人ほど。

「……ん？」

と。

その内一人に、眼がいった。

眼が、いった。

彼女は、下唇を噛み締め――

思い詰めたような表情をしている。

しかし、四月一日の眼がいったのは、それではなく――そこではなかった。

その――小柄な女性の、小さな肩に。

なにかが。

気付いたときには、遅かった。

どちらにしても。

彼女は――道路に、その身を投げ出した。

○　○

ああ。

またやってしまった。

病院のベッドで目覚めると同時に、私は、深い自己嫌悪の念に苛(サイナ)まれる。明日はとても大切な日だったのに――いや、もう日付が変わっているから、それはもう、今日、なのか。

今日はとても大切な日だったのに。

私は、病院のベッドで、何をしているのだ。

窓の外を見る。

ここからでは見えるわけもないが。

今頃、会社では、私がやらなければならなかった――私がやるはずだった新企画のプレゼンテーションを、代わりに、兵頭(ヒョウドウ)くんがやってくれているのだろう。緊急の場合はそういう手筈になっていた――決して有り得てはならない、緊急の場合には。

またみんなに迷惑をかけてしまった。

みんなで、あれだけ頑張って進めてきた企画だったのに――勿論、兵頭くんが、その辺りはきちんとフォローしてくれてはいるだろうけれど、そんなことは問題じゃない。

私はまた、やってしまったのだ。

やらかしてしまったのだ。

やってはならないことを――やってしまう。

いつもそうだ。

小さな頃から、いつもそうだった。

どうしてか（ドウシテカ）、禁忌を犯したくなる（キンキヲオカシタクナル）。


看護師さんの話によれば、私は横断歩道に、飛び出したらしい。らしい、というのは、事故前後の記憶がほとんど飛んでしまっているからだけれど――しかし、記憶がなくても、自分のことだから、わかる。

『私（ワタシ）』は『赤信号（アカシンゴウ）』で『車の前（クルマノマエ）』に、『飛び出した（トビダシタ）』のだろう――似たようなことも同じようなことも、これまでの人生の中で、何度も何度も、繰り返してあったことだ。

幸い、左腕の骨に罅が入る程度で済んだらしい。

相手がたまたま原付だったからだろう。

だが、そうでなければ、私は、死んでいた。


あるいはそれでもよかったのかもしれない――というよりも、私のような人間が今まで生きてこられたことが、世界にとっては既に奇跡的なのだ。全く、なんてどうでもいい奇跡なのだろう。

小学生の頃、教室の窓から飛び降りたことがある。まるであの有名な小説の主人公のように――そう言うならば、刃物を指に当てたことだって少なくない。思春期の頃には手首に傷を入れたことだってある、さすがにそれは、一回だけだけれど。

でもその一回で死んでいたかもしれない。

死んでいたかもしれないのだ。

人は私に訊く。

『どうしてそんなことをするのか？（ドウシテソンナコトヲスルノカ）』と。

『そんなことをしてはいけない（ソンナコトヲシテハイケナイ）』、そう窘める。

けれど、どうだろう。

多かれ少なかれ、誰だって私のような気持ちは、持ち合わせているんじゃないだろうか――たとえば、学校の廊下の、非常ボタンを押したくなるような、そんな気持ち（私は小学校に入学してから高校を卒業するまでの間に、三桁は押している）。ホームで電車を待っていて、到着を告げる放送が響く中、風を切りながらやってくるその車体に、飛び込みたいと思ってしまう気持ち（私はいつもいつでも思う）。高いところに登って、『ここから飛び降りればどうなってしまうんだろう』と思う気持ち（飛び降りたい気持ちと、私は登る前から、戦っている）。

　そんな気持ちは誰だってあるはず。

　多かれ少なかれ。

　誰かれ構わず。

　私はそれが、人よりかなり、多いのだ。

　莫大に過多なのだ。

　わかっている、それははっきりと自覚している――しかし、わかっていても自覚できていても、それでもどうにもならないからこそ、その気持ちは欲求（ヨッキュウ）と呼ばれるのだ。

『欲求』。

　欲求、破壊欲求。

　更にわかりやすく言うなら、『あなたの前に絶対に押してはならないボタンがあります』という、例のありがちな問いに、究極的には行き着くことになる。絶対に押してはならないボタンがあったとして、それを絶対に押さないと言い切れる人間が、果たしてどのくらい、いるだろうか？

　そして私は、

『絶対に押す』と言い切れる人間なのだ。

　中学受験。

　恐らく合格できるだろうと言われていた私立の名門学校――その入試の日、私は、仮病を使って、家で一日中寝ていた。高校受験も大体、同じ。結局、中高ともに、公立の平凡な学校に通うことになった。何故あそこで仮病を使う必要があったのか――そう訊かれたなら、『こんな大切な日に体調を崩したらどうなるのか』、試してみたかったからとしか、答えようがない。

　大学だって、第一志望の国立には、わざと名前を書かずに提出した――いや、書いたような、書かなかったような――どちらにしろ、滑り止めの私立大学へ、私は通うことになった。

　理由は、これも、同じ。

　ああ。ああ、全く。

　やっぱり、そんな私が二十七歳まで生きてこられたことは全くもって奇跡であるとしか言いようがない。ぎりぎりのところで、理性が感情に押し勝っているのだろう——けれどその理性も、もうかなり、ガタが来ているように思われた。そんなせめぎあいも、いい加減限界であるように、思われた。

日常生活ではともかく、仕事では、そんな大きなミスはしないように、これまで私は自分を律してきたのに——俗な話だが、今回のプレゼンテーションが成功していれば、将来的に、出世への道が開かれていたことは、まず間違いなかったのに。

後輩に道を譲ったのだと、そう解釈すべきなのだろうか——そうすればいくらか気持ちは楽になる。自分に甘く考えるのは、心地良い。罅が入ったのが左腕だから、仕事にはそれほど支障はない、土日を挟んで、来週から、もう通常業務に復帰することはできるだろうし——

と、考えたところで、来る。

欲求が——来る。

もしも。

もしも来週からも仕事に復帰せず——このままずっと会社に行かなければどうなるだろう。

ああ……きっと大変なことになるだろう。

あの企画には、私にしかできない仕事も含まれている、たとえ兵頭くんがプレゼンテーションをそつなくこなしたとしても、企画そのものがぽしゃってしまう可能性が高い。そうなれば、グループのメンバー、全員が何らかの処罰の対象となりかねない——出世への道どころの話じゃなくなってしまう。

それもありだろうか？

どうせ、今の会社だって——第一志望じゃない。

第二志望なのだ。

第一志望の会社の面接で、私は躓いてこけてみせた——面接官の呆れ顔を、今でもはっきりと思い出せる。けれどあの面接官だって、私が故意にこけたのだとは、思ってはいないだろう。

だとすれば。

それも、ありなのか。

ああ、やめろ。

やめろ、そんなことを考えるな。

私はそんなことをしたくない。

したくない。

したくない。したくない。したくない。したくない。

したくない。したくない。したくない。したくない。したくない。したくない。したくない。したくない。したくない。したくない。したくない。したくない。したくない。したくない。したくない。

したくないんだから――我慢しろ。

「…………………」

仕事ではミスをしないよう、頑張ってきた。

それは本当だ。

でも、今、思い出した。

いつだったか、入社したての頃。

大事な書類をシュレッダーにかけたことがある。

勿論わざとだ。

偶然を装って、誰にもバレないように。

その始末に、部署の人間が一週間、ほとんど全員、徹夜で追われることとなった――それで、なんとか、そのときは収まった。

大事は大事でも、決定的な書類ではなかったことが幸いした。

だからそれは、ミスじゃない。

今回のも、まだ、ミスじゃない。

挽回は可能なのだ。

これから――みんなに、償いをすれば。

償いをすれば。

そう考えたところで――第二波。

もしも。

もしもみんなに、謝るべきところで『私は悪くない』なんて、悪態をついてみせれば、一体、どんな反応を見せるだろう。

あの気のいい連中は。

どんな顔で私を見るだろう。

ああ――やってしまいたい。

そんな欲求に、私は、取り憑かれている。

物心つく、その以前から、ずっと。

でも駄目だ。

断っておくが、私は破滅願望者でもないし自殺志願者でもない――これは間違いない。自信を持って断言できる。死にたい理由も危険を求める理由も、人並みの、たとえば『ジェットコースターに乗りたい』程度の、普通の好奇心以上には、私にはないのだから。

あるのはただの、欲求。

あるのはただの、欲求。

禁忌を犯したい——のだろう。

やっちゃ駄目なことを、やりたいと思う。

そんな気持ちより、優先しなくちゃいけないことがいっぱいあるのに——人間関係だったり仕事のことだったり、気にするべきことはいっぱいあるのに——それでも今私は、この病室の窓から飛び降りたら一体どうなるんだろうとか、そんなことばかりを考えている。

怒られるんだろうなあ。

死んじゃうかもしれないよなあ。

でも。

だからこそ——やってしまいたい。

押してはならないボタンを——押してみたい。

『どうしてそんなことをするのか?』(ドウシテソンナコトヲスルノカ)。

『そんなことをしてはいけない』(ソンナコトヲシテハイケナイ)。

だから、したい。

なぜなら、したい。

それだけのことだった。

原付だったから、たいしたこともなく生きているけれど——ダンプだったら間違いなく死んでいた。

生きていることが、奇跡。

そして思う。

私なんか、死んだ方がよかったのだろう、と。

でも、死んでいたら——みんなに、迷惑が——

窓から飛び降りたい欲求をどうにかやり込めて、次の欲求に対して心を落ち着けようと、深呼吸をしたところで、

「櫛村さーん。入りますよー」

ノックの音がしてから、そんな声がした。

担当の看護師だろう。

私は、どうぞ、と言った。

ややあって、扉が開き、入ってくるピンクの制服姿の看護師——しかし、入ってきたのは彼女だけではなかった。

もう一人、いた。

学生服を着た、眼鏡を掛けた少年だった。

見覚えのある子だった。

どこで会ったのだろう。

四月一日君尋と、その子は名乗った。

○　○

「あっそう。成程。それ（ソレ）が、昨日無断で勝手にバイトを休んで、今日も無断で勝手にバイトに遅刻した理由という訳」

煙管（キセル）からたっぷりとした煙をくゆらせながら、含みをたっぷりと持たせて、左手に、四月一日が買ってきた百五円（税込み）の伊達眼鏡を弄びながら——その黒髪の女は言った。

壱原侑子。

どんな『願い』も叶う店の、主。

店主、主人、別になんでもいいけれど、とにかく、四月一日君尋の雇い主——にして、将来的には、救い主になるはずの（なってもらわなければ困る）、女性である。

呼ぶ者には次元の魔女とも呼ばれているそうだが、詳細不明。年齢不詳経歴不詳、誕生日どころか血液型さえ教えようとはしない——そもそも壱原侑子というその名前にしたって、偽名である。四月一日との初対面で、自ら偽名だといっていたから間違いないだろう。それは名乗って五秒後のことだった、全く堂々とした偽名もあったものである。多分本名は性悪とか陰険とか、そんなところなのではないだろうか。

くすり、と侑子は微笑む。

「大変だったわねえ」

「や。ねぎらってもらうのはいいですけど。なんか必要だったんすか、その眼鏡」

「別に？」

別にと言われた。

本当にただのギャグだったのか……。

「借り物競走ごっことでも思っておいて頂戴」

「ああ、ウォークラリーじゃなくて、借り物競走だったんですか……まあそんなの、どっちでもいいですけれど、そんなごっこにおれを付き合わせないでくださいよ。おかげでこっちは大変だったんですから」

「でも、面白かったでしょう？　そんなことをいいつつも、実は楽しめたでしょう？　コインロッカーを開けた瞬間、え、マジかよ、こんなことってあるのかよ、とか思わなかった？」

「思いましたよ」

多分言っているのとは違う意味で。

「超ウケるって思ったでしょう」

「おれは女子高生じゃないっすよ」

「なあんだ。つまらない子ねえ」

落胆したように言われた。

女子高生じゃないからだろうか。

「おれとしては、あんな意味のない遊びに付き合わされて、むしろ侑子さんには謝って欲しいくらいですけど」

「あら、この程度のことで謝罪を要求するの。謝って欲しいだなんて、みっともない台詞ねえ。四月一日ったら、随分とまた、器のみみっちいこと」

「この程度のことでおれの器を語られたくないっすよ……」

「意味のないことなんて、世界にはないのよ、四月一日。遊びはあってもね。で」

侑子はそこで、言葉を区切る。


煙管の先を、四月一日に向けて。

「『どう（ドゥ）』だったのかしら」

「『どう（ドゥ）』って……ああ、見舞いに行った、彼女のことですか？」

昨日。

ＪＲ硝子駅そばの百円ショップで伊達眼鏡を無事入手して、さあバイト先に向かおうとした横断歩道、突如道路に身を投げた一人の女性——

救急車を呼んだのは四月一日だった。

どころか、病院まで付き添い、彼女の家族に連絡を取ったのも、四月一日だった。

そして今日、学校帰り、ここ——バイト先、どんな『願い』も叶う店——に来る前に、お見舞いの花を買ってから病院に寄って、彼女——櫛村塗絵を見舞ってきたのも、四月一日君尋、その人だった。

結果として。

無断欠勤及び無断遅刻が、彼のバイト歴に刻まれた。

けれど、壱原侑子。

そんなことにいちいち目くじらを立てるほど、神経質そうには思えないけれど——むしろこれ幸いと、その言い訳もろくに考えずにのこのこやってきた四月一日に、我儘放題言いそうなものだけれど――

　なんだろう。

　彼女のことが、気になるのだろうか。

「だって――四月一日、言ったじゃない。その人の肩に――なにかが視えたって」

「ああ――や、でも、見間違いかもしれないっすよ。見間違いっていうか、なんていうか。角度的にも、ちょっと微妙だったし――」

「でも」

　侑子が四月一日の言葉を遮る。

「『視えた』と、思ったんでしょう」

「…………」

　思った。

「や、でも――ちらっと、何かが……ってだけですし。ひょっとしたら、ショルダーバッグの金具とかが、街灯の光を反射して、それが眼に入ったってだけかもしれないですし」

「でも」

　侑子が繰り返し、四月一日の言葉を遮る。

「『そう』は思ってないんでしょう」

「…………」

　思ってない。

「だから、今日、彼女のお見舞いに行って――彼女の話を、四月一日は聞いたんでしょう」

「…………」

　聞いた、まあ。

　どうしてそう断定できるのかは知らないけれど。

　だが、聞いたことを、そのまま侑子に伝えるというのは、四月一日にとっては若干、若干以上に、躊躇われる行為だった――たとえばこれが、巷にありふれたミステリー小説だったりしたら、『突発的に困った事態に遭遇したワトソン。そこに颯爽と登場し、快刀乱麻を断つ活躍で状況を解決へ導く頼れるホームズであった』とばかりに、侑子に相談してしまうのが手っ取り早くあるのだが、しかし、こと、壱原侑子に限っては、そうは問屋が卸さない。

　ホームズかどうかはさておいて。

　第一に壱原侑子は頼れない。

　第二にそれでも頼るなら――相応の対価が必要。

その辺、侑子はかなり徹底的にシビアだ。

彼女の辞書にボランティアという言葉はない。

この数ヵ月、四月一日はただの一度も、侑子が対価なしで誰かに何かを施したという絵面を、拝ませてもらったことがない。無料も無償も、この店の商品棚には陳列されていないのだ。

非情なまでに——彼女は対価を要求する。

それは四月一日に対してもそうだったし、
ならば、きっと彼女に対してもそうだろう。

「…………」

そうなると、現在対価の支払い真っ最中の四月一日あたりにしてみれば、ごくたまにではあるが、ごくまれにではあるが、思わなくもないのだ——たとえ『願い』が叶っても、それ相応の何かを引き渡すことになるのなら、そんな『願い』なんて、叶っても叶わなくても、同じなのではないか、と。

視る眼。

あやかしが視える眼。

対価を支払い終え、その眼が視えなくなったとき——一体引き換えに、自分はどれほどのものを失ってしまっているのだろう。

その考えは恐怖ですらある。

だから、あまり考えない。

考えたくもない。

しかし、ことが他人事となれば話は別——である。『願い』を持つ者に、この店を、壱原侑子を紹介することは、絶対においそれとは、やってはならないことのように、四月一日君尋には思われるのだ。

やっては——ならないことだと。

「話して御覧なさいよ、四月一日。ほら、あたしって、『ドラえもん』で言えば、ドラえもんなんだからさ」

「その台詞、『ドラえもん』で言えば、って断りを入れる必要は全くないっすよ」

「ちなみに四月一日はセワシくんね」

「のび太くんじゃねえのかよ！」

「あら、のび太くんなの？」

「や、のび太くんじゃないけれど！」

「じゃあセワシくんじゃない」

「そのどちらかしかないんすね……」

究極の二者択一だった。

ていうか、普通はセワシくんのキャラがどんなだったかなんて、憶えていない。

それに、先の考えにのっとれば、壱原侑子はあの国民的人気キャラクターからは最も遠いところに位置する存在なのだが（立場的には同名別作者の喪服っぽいセールスマンの方が近そうな気がしないでもない）、とはいえ、興味を示されてしまった以上、雇われの身としては、話さないわけにはいかないだろう。二人の間にある上下関係は嫌気が差すほど明確なのだ。そもそもこの状況、昨日の段階、あるいは今日病院に行く前に、あらかじめこの店に連絡を入れておかなかった、四月一日のケアレスミスであるとも言えた。

「花の香りがするわよ、四月一日」

侑子は重ね、四月一日を追い込むように言った。

「駄目じゃない、お見舞いに、そんな香りの強い花を持って行ったりしたら——」

「や。これは違うんすよ」

「あら。どう違うのかしら」

そう言う侑子の表情は、明らかに何かを確信しているものだった。それこそ、四月一日がいちいち、言葉にして説明するまでもないくらい全てを知っているかのような。

もう、全てを知っているかのような。

もっとも、そんなことを言えば、『四月一日が知っていると思うのなら知っているのだろうし、そうでないのなら、そうでない』なんて、うさん臭い禅問答のような答が返ってくるのに決まっている。意図的に煙に巻こうとしているわけではないのだろうが、それでも四月一日からすれば、煙に巻かれたような気分になる。

それはあまり愉快な気分ではない。

だから、訊かれたことに、ただ、答えた。

「えっと、その人——櫛村塗絵っていうんですけれど。二十代後半って感じっすかね。クシは、髪を梳かす櫛で——」

漢字の説明なんて侑子には不要かもしれないとも思いながら、一応、常識的な手順として、一文字目から丁寧に説明する四月一日。

「ムラは市町村の村、それで、下は送り仮名を抜いたヌリエで、塗絵」

「ふうん。本名かしら？」

「病院のベッドにそう書いてあったら、そりゃ本名でしょうよ。あの表記って、保険証に基づいているはずですから」

「あっそう。櫛村塗絵。誕生日は？」

「知りませんよ」

「あっそう」

何か皮肉めいたことを言われるかと四月一日は身構えたが、単純に頷くだけの侑子だった。

「で、どうして四月一日は花の香りをさせているのかしら。お見舞いの帰りに香水の強い女の子とでも抱き合ったの？」

「や、そりゃないっすよ」

「でしょうね。それならまだ、四月一日が香水をつけているという方が納得いくわ」

いかねえよ。

「それで、どうして」

「ちょっと……その、持って行った花束を、彼女、櫛村さんから、ぶつけられまして」

「あらら。やーん」

さすがに歯切れ悪く、言いよどむような口調になった四月一日に対し、侑子は対照的に、愉快極まりないというような笑みを浮かべた。

獲物ゲット！　みたいな。

「お見舞いに行って花束をぶつけられるなんて、そうそうできる体験じゃないわね。ドジな四月一日ならではね」

「ドジ？　おれがいつの間にドジキャラに？」

「最初からよ。いつの間になんて、恥ずかしくもなくよくそんな疑問を口にできるわね。四月一日からドジをとったら何が残るというのかしら。ドジでない四月一日なんて、四月一日生まれでない四月一日のようなものじゃない」

「全国の四月一日さんの大半は、四月一日生まれじゃないと思うっすよ」

「そういう意味じゃないわ」

「はあ……そうですか」

まあ、そういう意味じゃないのだろう。

聞いた話だ。

「四月一日、それで、どうしてそんなことをされたの？何か、彼女の気に障るようなことでもしたわけ？『この病院って創立以来退院した人が一人もいないらしいですね！』なんて冗談を言っちゃったとか」

「そんな微妙なブラックジョークを面白いと思えるほど、おれは虚無的な人生を送ってきていませんよ」

「ふうん。じゃあ、どうして」

「や、それがおかしな——というか、そこがおかしなところでして。理由は、ないらしいんですよね」

「理由が——ない」

見舞い客に花束をぶつけておいて。

理由がないと言う。

「ええ……実際、渡した花束をぶつけ返された後は、櫛村さん、平謝りに平謝りでしたし。こんなことするつもりはなかったのに、こんなことしちゃいけなかったのに——とか」

「…………」

意味ありげな沈黙の侑子。

笑っていない。

付き合いがあっても、気圧される表情だ。

そんな空気を仕切り直すように、「ともかく」と、四月一日は言う。

「ともかく、話を聞いてみると、ですけど……彼女、昔っからそうらしいんですよ。絶対にやっちゃいけないことを、やらかしてしまう性癖があるというのか——なんというのか。本人はそれは破滅願望とは違うって言ってましたけれど、おれから見たら、やっぱそんな感じで——」

絶対押しちゃいけないボタン。

それがあれば——『絶対に押す』と言った。

昨日、赤信号で飛び出したのも、そういう論理にのっとってのことらしい。次の日に、出世に関わるほどの大事な仕事を控えておきながら——それがわかった上で、思わずその行為に出てしまったとのことだった。

四月一日君尋は、櫛村塗絵から病室で聞いたことを、聞いた言葉を、あまさず壱原侑子に伝える。ただし、四月一日に花束をぶつけてからは、完全に取り乱してしまっていた彼女の言葉は、やや支離滅裂なきらいがあったので、その辺りは四月一日が恣意的に整理整頓する必要があったが、その手の作業は、最近はもう慣れっこだった。

要するに。

——禁忌（キンキ）を（ヲ）犯す（オカス）。

「なんか、自分で自分の人生を、わざと、わざわざ台無しにしている感じなんですよね——子供の頃から、今現在に至るまで。『欲求』って言っていましたけれど、本人が自覚している分だけでああなんだから、実際はそれ、どれくらいのもんなのか、想像できないくらいですよ。どうなんですか？　侑子さん。人間をそんな風にしてしまうあやかしって、いるんですか？」

　赤信号で飛び出す直前。

　彼女の肩に、視えたもの。

　一体あれは——なんだったのだろう。

「いるわ（イルワ）」

　侑子は簡潔に答えた。

「いることは、いる——あることは、ある、とでも、言うべきかしら。しかし、でも、とは言え」

「とは言え？」

「うん——いや、まあ、成程、ね」

　珍しく、曖昧に言葉を濁す。

　なんだろう。

「四月一日」

「なんでしょう」

「流しそうめんが食べたいわ」

「……は？」

　ぽかーん。

「流しそうめんが食べたい。準備して」

「や、あの……今からですか？」

「そう。今日の晩御飯」

「晩御飯って……この季節にそんなものを晩御飯にしたらすぐ夏バテしますよ」

　というかそんな問題じゃない。

　いくら家事全般を得意分野とする四月一日君尋と言えど、あんな料理以外の部分に手間のかかるメニューを、いきなり用意しろと言われてできるはずもない。無理難題もいいところである。

「そんな手間でもないでしょう。その辺の山から、笹を何本か切ってくればいいだけなんだから」

「侑子さんは七夕んとき、竹に願いを託すんですか」

「あら、四月一日、教養がないわね。竹と笹って、分類学的に明確な区別はないのよ。鷹と鷲みたいなものね」

「鷹と鷲もそうなんですか？」

「大きいのが鷲で小さいのが鷹なんだとか。見た目で名前を先につけたら、本当は同じものだったという一例ね」

「でも、そうだとしても、笹で流しそうめんはできないっすよ」

「やろうと思えばできるでしょう」

「やろうと思うことができません」

二本ずつくらいしか流せないだろう。

より手間をかけてどうするという話だ。

「でもあたしは流しそうめんを食べたいのよ。流しそうめんを食べたくて食べたくてしょうがないの。もう、どうしようもなく、この身体が求めているの」

「楊貴妃か誰かですか、あなたは。どうしてもっていうんなら、そうですね、明日の昼とかにしましょうよ、侑子さん。土曜日だし、明日まで時間をもらえれば、おれ、誰か知り合いから、道具、借りてこられますから」

「なんだかんだ言いながら、その心当たりがあるというところが四月一日の四月一日たる所以よね」

それが存在証明になるというのも相当嫌な話だが。

姿形をそっくり真似ることのできるコピー能力を持った敵キャラが目の前に現れたとき、流しそうめんの道具を持ってこられるかどうかで、四月一日君尋は四月一日君尋を示さなければならないのか……。

やだなあ。

「明日の昼ねえ。悠長な話だわ。今日流しそうめん以外のものを食べさせられたらあたしは死ぬかもしれないのに」

「それはいいことを聞きました……いえ、なんでもありません」

「あっそう」

「大体、今晩のメニューはスープカレーともう決まってるじゃないですか。前々から侑子さんが言うから、おれ、見舞いの帰りにそのための材料を——」

「ねえ四月一日」

そこで。

侑子は言った。

「幸せを当たり前に享受できない人間の気持ちって、理解できる？」

「……は？」

「そうね、たとえば——宝籤で三億円を当てて、それを換金しない人間の気持ちが、四月一日には理解できるかしら？」

「はあ……や、できないですけど」

　宝籤が当たったら換金する。

　当たり前のことだ。

「だってそれって――侑子さんの言うところの、正当なる対価って奴じゃないんですか？」

「その通り。知った風な口のきき方が不愉快だけど、その通り。あっそう。じゃあ、次のたとえ話。『四月一日くんがひまわりちゃんから告白されました』。どうする？」

「ど、どうするって――」

　ひまわりちゃんというのは九軒(クノギ)ひまわり。

　私立十字学園に通う四月一日君尋の同級生。

　めちゃくちゃ可愛い女の子。

「いや、もう、侑子さん、そりゃ、なんていうか、いきなり言われても、うん、おれとしては――」

「何よ、断るの」

「まさかそんなこと！　勿論、勿論、オッケイに決まってるじゃないっすか！」

「あっそう」


　眼を細めて、侑子は頷く。

「それなら、四月一日は幸福を受け入れることができるということよ」

「幸福(タカラ)？」

「だから、彼女の気持ちは(カノジョノキモチハ)、わからない(ワカラナイ)」

「…………」

「櫛村塗絵さんの気持ちはね」

　それは――その通りだった。

　四月一日は、彼女――櫛村塗絵の話を聞いて、その構成そのものは理解できたものの、しかし――正直なところ、わけがわからなかった。

　それが本音だ。

　彼女の気持ちは、わからない。

　どころか――気持ち悪いとさえ、思った。

　自己破壊、自己破滅の傾向――自傷。

　しかもそれに理由がないという。

　禁忌を犯すことそのものが理由になっている。

「幸せを――享受できない」

　そんな感情が人間にあるのだろうか。

　禁じられたことをやってみたいという気持ちは、まあ、それ自体なら、分からなくもない――非常ボタンを、押してはならないボタンを押したくなる気持ちは、彼女の言う通り、誰にでもあるだろう。

しかし。

幸福を拒絶するという気持ちは、どうだろう。

換言すれば、それは自分から不幸に身を投げ出すという意味だろう――クルマの走る道路に、自ら身を投げ出す行為だろう。

好きな相手に嫌いと言って。

嫌いな相手に好きと言う。

それは、そんな行い、立ち振る舞いではないのか。

当たり前じゃない。

人間の行動として、当然じゃない。

それは（ソレハ）、あやかし（アヤカシ）――

さてと、と、侑子は、それまで、それこそどこかの国の女王様のようにその身を預けていたソファから身体を起こし、煙管を一旦、脇に置く。

そして。

長い髪をかきあげ、例の伊達眼鏡を、掛けた。

百五円の安物なのだが――

壱原侑子が掛けると、異様な魅力があるような。

あるような、ないような。

「いいでしょう。四月一日、連れてきなさいな」

「は？　なんすか？」

「だから、その彼女。ここに連れてきなさいな」

ここ。

どんな『願い』も叶う店。

「え……や。でも、彼女、まだ入院中で――」

「どうせ大した怪我でもないんでしょう？　左腕の骨に罅が入っただけなんだから――ちょっとくらい外出しても、それほど問題はないはずよ」

「問題は――」

ないだろうけれど。

でも、いいのだろうか――とは迷う。

だって――対価。

「四月一日が連れて来ようが連れて来まいが、結果的には関係はないのよ。あたしの店はどこにもなくてどこにでもある。縁さえあればどこからでも誰であっても這入ってこられるし――這入ってくるからには、這入ってくるだけの、必然がある」

「――必然」

「必然」

そう繰り返した。

「その人が四月一日の前で『欲求』にかられたというのなら――それもまた縁。それもまた必然。四月一日が連れて来ないというのなら、あたしの方から行くだけだけれど」

「また押し売りっすか」

「必然よ」

さらりと言ってのける侑子。

「今度押し売りって言ったら四月一日のバイト代半分にするから、よろしくね」

「さすがにそんなことをされたら、おれ、辞めちゃうと思いますよ」

「それは困るわ。四月一日が辞めちゃったら、あたしは明日から何を食べればいいというの。じゃあ、訂正しましょう。今度押し売りって言ったら、四月一日を押し花にするから、よろしくね」

押し花って……。

本で挟んで潰されるのだろうか。

「バイト代を半額にする方でお願いします……」

「あっそう。まあ、それは一応聞いておくとしても、どっちにしたって、四月一日にとっても、今回のようなケースは後学のためにはいいと思うのよ」

「後学のため？」

「そ」

「後学って――」

今回のようなケース。

どういうケースのことだろう。

「まさか四月一日、自分が何のために、この店で働いているのか、忘れちゃったわけではないでしょう？」

言って、掛けていた伊達眼鏡を外し、四月一日に近付いてきて、それを手渡した。何なのかと思ったが、

「これは、その辺に仕舞っておいて」

と言われた。

もう遊び飽きたのだろうか。

電車代の方が高くついたのに、そりゃない。

労働の空しさを思い知らされる瞬間だった。

自分が何のために、働いているのか……。

「さあ。それではスープカレーを食べましょう」

侑子は言った。

無邪気そうに、にぃー、と微笑んで。

○　○

幸せを享受できないのですか、と。

四月一日くんはおずおずと、私に、そう言った。

「幸せって……」

そんなことを言われて——私は戸惑う。

何を言っているのか分からないから戸惑ったのではなく——その言葉は、そのものずばり、私の根源を的確に言い当てていたから、戸惑ってしまったのだ。

あまりに。

それは、率直過ぎた。

「そ——そんなこと、急に言われても」

だから、自然、私は、取り繕うような言葉を口にすることになる。

「や。はあ——」

対して四月一日くんも、自分で言った癖に、その言葉にあまり確信を持てていないようで、いまいちはっきりしない感じに頭をかきながら、「そうっすよね」と、言った。

そして私を窺うようにする。

私を——と言うより。

私の、肩の辺りを、窺うように。

何だろう、まるで、何かを——視ているような。

視ようとしているかのような。

何か——あるんだろうか。

私は四月一日くんの視線を追うように、自分の肩の上を確認するが——当たり前だが、そこには何もない。あるはずがない。肩の上に何かが乗っていて気付かないわけがない。

肩——

悪霊が憑くのは右肩だったか左肩だったか。

まあ、まさか、だ。

「つまり、普通に生きていて、あなたは、幸せを、幸福を、受け入れられるかどうかってことなんですけれど——」

四月一日くんは言い方を変えてみせるが、言っていることは同じ――まるで図書室から借りてきた本の内容をそのままクラス発表に用いる中学生のような印象だ。言葉に全くと言っていいほど、実際が伴っていない。

誰かからの言葉を――伝えているのだろうか。

そんな感じだ。

「…………ええ」

取り敢えず、頷いておいた。

昨日。

見舞いに来てくれたこの子の名前は、四月一日君尋――私が赤信号で飛び出したとき、たまたま買い物だか仕事だかなんだかで、その場に居合わせたそうだ。だから見覚えがあったのだろう。やけに可愛い顔をしていたから、記憶に残っていたのだ。事故前後のことはほとんど覚えていないのに、そんなことだけは憶えているのだから、人間の記憶とは、いやはや、不思議なものだと思った。

それにしてもおせっかい焼きな子だ。

救急車を呼んでくれたところまでは、まあ、一般的な常識に照らし合わせて見て、今時珍しくはあっても有り得ないというほどの行動ではないが、知り合いでもなんでもない文字通り通りすがりでありながら、その後を気にして花束を持って見舞いにまで来てくれるというのは、有り得ないというより今時異常だ。

お人よしなのだろう。

根本が世話好きなのかもしれない。

私なら間違ってもそんなことはしないだろう。精々、原付に撥ねられた私を、携帯電話のカメラで撮影し、仲のいい友達にメールで送っておしまいである。

酷いことだけれど。

だって、自業自得なのだから。

赤信号で飛び出したのは、私なのだから。

轢かれることは、わかっていたのだから。

わかり切っていたのだから。

なのに――お人よしだ。

異常なお人よしだ。

四月一日くんは一体何を好き好んで、こんな厄介な人間に関わろうとするのだろう。私のような人間に関わろうとするのだろう。昨日、見舞いに来てくれたことは、異常なお人よしということで、ともかくとしても――今日である。あんな仕打ちを受けてなお、またその翌日も、来てくれるとは。

確かに、私はあのあと、謝って。

四月一日くんはそれを許してくれたけれど。

ひょっとして、この子は被虐嗜好なのだろうか。

そういう視点からよく見てみれば、えらく幸薄そうな顔立ちをしているし……。恋に恵まれず友人関係で失敗し上司に苛められている少年がいるとすれば、きっとこんな顔立ちなのではないかというような……。

「あれ。なんかどこかで、失礼なことを考えられている気が……侑子さんかな」

四月一日くんはそう言って周囲を見渡した。

いい勘をしている。

ところで侑子さんとは誰だろう。

「いや、ひょっとしたら、百目鬼(ドウメキ)か……くそ、百目鬼の癖に。えっと――ともかくですね。昨日、櫛村さんから話、色々、聞かせてもらったじゃないですか。おれ、あれから、考えたんですけれど――やっぱそういうのって、おかしいと思うんですよ」

おかしい。

そんなことわかっている。言われるまでもなく。

「だから――なんとかしようとは思いませんか」

「なんとか――」

「身が持たないでしょう。今回はたまたま、左腕だけで済みましたけど、この先ずっとこんなことが続いたら――」

「この先――じゃなく、これまでもずっと――だったんだけれど。この、わけのわからない、どうしていいかわからない『欲求』と、共に歩んできたのは」

「…………」

「不思議なものよね。全く不可思議だわ。私、自分の幸せに、興味がないのかしら――それはそうなのかもしれないわ。私、昔から……幸せになることに、あまり積極的じゃ、ないのよね」

聞いたところによれば、幸福追求は日本国憲法で保障された日本人の権利らしい。となると、私は、その権利を、手放してしまっているのだろう。いや、手放しているどころか――踏みにじっているに等しい。

なにせ生きていることすら否定しようというのだ。

死にたくなんてないのに。

「駄目って言われるとやりたくなる——なんていうと、本当、子供じみているけれど、でも、子供じみているがゆえに、わかりやすくはあるのよ。一番簡単に説明できる。四月一日くんだって、そういうの、あったでしょう？今でも、あるんじゃない？」

「や。わからなくもないですけれど……でも、櫛村さんの話を聞いていても、それがその延長線上にあるとは、とてもじゃないけれど、思えないんです。なんか——レールの上から、逸脱しちゃっているっていうか」

逸脱。

今度は、自分で考えた言葉なのだろうか——それは、えらく、確信に満ちた言葉だった。そして、それもまた——図星だった。

根源を言い当てられている。

「私はね」

だから、私は言った。

「きっと、醜悪なのよ」

「……醜悪って」

「普通のみんなとは——全然違うの。見ていて、気持ち悪いはずよ」

「気持ち……悪い」

「そう。その通り、四月一日くんの言う通りなのよ。そんな『欲求』は誰にでもあるはずだなんて言って、問題を一般化しようとしていたけれど……本当はそうじゃないのね」

わかっている。

変人ほど自分のことを普通だ普通だと主張するというが——私の場合、それよりももっと切実だったのだ。なんとかして、『普通』の『当たり前』と、繋がりを持ち続けようとしていた——のだ。

どんなに逸脱していても。

根源は一緒だと、思っていたかった。

「幸福を享受できないなんて——そうね。確かに、おかしいわよね。私は——このまま生きていても、みんなに迷惑をかけるばっかりだし、本当、本当のところ、いっそ、一昨日、頭を打って、死んでいれば——」

「そ、そんなことないですよ！」

四月一日くんが——突如、怒鳴った。

大人しそうな顔をしていたから、四月一日くんがまさかそんな、私の態度に激昂するだなんて思っていなかったので——私は、言葉を、呑み込んだ。

死んでいればよかったんだという、その言葉を。

「た、多分、それは——櫛村さんのせいなんかじゃないんですよ！　何か、櫛村さんは、よくないもの（モノ）に取り憑かれていて——そいつが、櫛村さんに、大事なところで、間違った判断をさせているんですよ！　そういう何か（ナニカ）がいるって——おれ、聞いています！　だから——櫛村さんは、きっと、何も悪くなんかないんです！」

「とり——つかれて？」

あまりに、それは唐突な物言いだった。

思わず私は、自分の肩を——見てしまう。

悪霊が憑くのは——どちらの肩だ。

「間違った判断——間違った選択っていうか……ほら、誰だって、自分が幸福になるために生きるのは、当たり前じゃないですか！　自分から幸せを放棄する人間なんて、そんなの、絶対にいるわけがないんですから——」

「そ——そうね」

正直に言えば、ここで頷いたのは、四月一日くんの意見に同意したからではない——ただ、その迫力に、その剣幕に、単純に気圧されてしまったから、考えるまでもなく、脊髄反射的に、頷いてしまっただけだ。

でも。

この子はきっと幸せなのだろうと思った。

幸せを放棄する人間なんて、いるわけがないと——まるでそれがこの世界には有り得ないことのように語るこの子の周りには、まるでそれがこの世界とは相容れないことのように語るこの子の周りには、きっと、幸福が溢れているんだろうと思った。

幸薄いなんてとんでもない。

いっそ、妬ましいくらいに。

——ああ。

そこでまた——欲求的な気分になる。

私のためを思って、ここまで言ってくれる四月一日くんを——ここで逆に怒鳴り返せば、別に何の反論も思いつきもしないのに、勢いだけで彼の善意を否定するような言葉を返してしまえば、一体、どうなるだろうと——考えてしまう。

たとえば、ここで彼を平手で打てば。

一体、どんな顔をするのだろう。

この異常なお人よしは。

幸せなこの子は。

私は「ぐぅ」と、己が身を、残った右腕で、抱えてしまう。それを見て、私の容態が急変したのかと、途端、慌てたように、「だ、大丈夫ですか?」と、労わるような声をかけてくる四月一日くん。

駄目だ——この欲求は抑えられそうもない。

四月一日くんはナースコールに手を伸ばす。

ナースコール。

それは、一昨日から、私が、意味もなく何度も押し続けているボタンだった——昼夜問わずに、押し続けているボタンだった。何故なら、それは、押してはならないボタンだから。緊急時以外は押さないでくださいと言われているボタンだから、だからこそ、常時、押したくなってしまう。それでさっきも、看護師さんにいっぱいいっぱい怒られたところなので、ここで四月一日くんがボタンを押したとしても、またぞろ悪戯だと思われて、すぐには看護師さんは来てくれないだろう。

悪戯なんかじゃないのに。

悪戯なんかじゃないのに!

私が、この子の頬を、眼鏡が吹っ飛ぶくらいの強さで、打てば——

私はそんなことをしたくない。

したくない。

したくない。したくない。したくない。したくない。したくない。したくない。したくない。したくない。したくない。したくない。したくない。したくない。したくない。したくない。したくない。したくない。したくない。

したくないんだから——我慢……

「しっかりしてください!」

と。

四月一日くんは、再度、大声で、言った。

その声で——私は、なんとか、我に返った。

でも、もう、駄目だろう。

もう、帰ってもらわなくては——次はない。

「あ、あの——榊村さん」

しかし、失礼にならないようお引き取りを願うには、果たしてこの場合どう言ったものなのか考えている内に、四月一日くんの方が、先に、言葉を発した。

「紹介したい人が(ショウカイシタイヒトガ)、いるんですけれど(イルンデスケレド)――」

そして一時間後。

私はその店の中にいた。

どんな『願い』も叶う店――その中に。

○　○

こんな言い尽くされた、今やすっかり形骸化してしまった定型句で表現しても、その情景の持つ意味が十全な形で正確に伝わるかどうかは怪しいが――それでも敢えて言うなら、それはさながら、蛇と蛙が睨み合っているような、絵面だった。たとえそれが本当に睨み合いであったとしても、客観的にはあまりにも一方的な風にしかとらえようのない、そんな状況。

壱原侑子と椚村塗絵。

常に大上段に構えた傲岸不遜の四字熟語が服を着て優雅に寝そべっているような壱原侑子と、何をするにも自信なさげでおどおどし、まず話している相手と眼を合わせようとしない小柄な椚村塗絵とでは、まるで鏡を挟んだかのように、対照的で、対極的だった。

四月一日君尋はそんな様子を、うっすらと開けた襖と襖の隙間を通し、隣室から、こっそりと覗き見ている。椚村をこの、どんな『願い』も叶う店まで案内し、中に通して、侑子の分と合わせて二人分の珈琲を出してから、なんだか同席するのも憚られる雰囲気があったので、部屋から退室はしたものの――やっぱり気にはなるもので、半ば出歯亀という姿勢だった。

既に役割は終えている。

縁や必然というのなら、四月一日が果たすべき縁も必然も、椚村を無事にここまで連れてきた時点で、おしまいのはずだろう。

それなりに苦労はしたけれど。

ただし、今日は花束をぶつけられることもなく――というより、何かを持っていくと、それに過剰反応するだろうことは予想がついたので、無作法ではあったが、今日の見舞いは手ぶらで行った――何ら彼女から、反発的な行為を受けることもなかったので、した苦労と言えば、彼女を、壱原侑子という女性に会うよう、説得する手間くらいだったが。

それも、しかし、言うほどの苦労ではなかった。

侑子に言われた通り……『あまりお勧めはしないけれど』、そして『決してリスクは低くないけれど』というニュアンスをさりげなく、それでいてあからさまに滲まして説得にあたれば——きっと彼女は応じるだろう、という言葉の通りにしたら、拍子抜けするほどあっさりと、肩透かしくらいはっきりと、四月一日に、その店へ案内するように、櫛村の方から頼み込んできた。

言われたときにはどういうことなのか、侑子の目的が四月一日にはつかめなかったけれど、こうして結果がでてみれば明瞭だった。禁忌を犯したいという欲求を、逆に利用したということ——裏をついて逆手にとったと、そういうことなのだろう。

そのあたりの采配はさすがというべきか。

海千山千、壱原侑子。

ただし。

『あまりお勧めはしないけれど』も、『決してリスクは低くないけれど』も、どちらの言葉にかんしても、四月一日は決して、嘘をついたわけではない——櫛村を騙したわけではない。

どちらの言葉も、本当のことだ。

思う。

櫛村塗絵は一体、どれほどの対価を、壱原侑子から要求されることになるのだろう、と。彼女の『悩み』を解決するためには——彼女の『願い』を叶えるためには、どれほどの何が、対等のものとして失われることになるのだろう、と。

興味半分どころか心配全部で、四月一日は、侑子と櫛村のやり取りを、固唾を呑んで見守る——とは言え、お互い、名前を名乗ったっきり(櫛村は誕生日も聞き出されていたが)、何も言おうともしない。折角四月一日が淹れた珈琲にも、二人とも手をつけようともしない。事前にカップまで温めたのだから、熱い内に飲んで欲しいのだけれど……。

と。

ようやく、櫛村が珈琲に手を伸ばそうとした。

「侑子でいいわ」

そこで、侑子はそう言った。

「それから——今、あなたがやろうとしていること。やめておきなさい」

　はっと、櫛村が顔を上げる。

　そこで侑子が、くすりと微笑する。

「ああ、それとも、あるいは櫛村塗絵さん。あなたに対しては、こういった方がいいのかしらね——やれるものなら、やって御覧なさい」

「え、あ、あの……」

　いきなりわけがわからない（だろう）ことを言われて、混乱した風を見せる櫛村。早くも侑子のペースに巻き込まれている、と四月一日は思う。あの二人でちゃんとした会話が成立するものなのかどうか、はらはらしてきた。

「わ、私には——なんのことだか」

「わからない。あっそう」

　突き放すような言い方をする侑子。

　とにかく、上からものを言う。

　四月一日は櫛村に対し、侑子のことをまるでカウンセラーのように説明したので（侑子の店でやっていることを、一般的にもっとも通じやすいだろう単語に変換すると、そうなってしまった）、その冷たいとも取れる態度に、面食らっているようだった。


「それで——あなたはあたしに、何をして欲しいのかしら？」

「え……そんな、私は、ただ……」

　あの子に連れてこられただけで、と、消え入るような小声で言う櫛村。最後の方は発音も曖昧で、何と言っているのか、四月一日のところまで、届かない。

「ここは『願い』を叶える店よ。どんな『願い』も叶う店。この『内』に這入って来たからには——這入って来られたからには、あなたには叶えて欲しい『願い』があるはずなの。それをあなたが望もうと望むまいと、一切合財、関係なく」

「……どんな『願い』でも、ですか」

「勿論、どんな『願い』でも」

「その……私、『普通』じゃないんですけれど——それでも、大丈夫なんですか」

「勿論、一切合財、関係なく」

　それに見合う対価を支払えば。

　侑子は自分の台詞をそう締めくくる。

　四月一日君尋が見る限りにおいて——感じる限りにおいて、櫛村塗絵の『願い』は、かなり、切羽詰っている

——それこそ命に関わるほどに。だとすれば、それに見合う対価となれば、やはり——魂の関わるほどの重量になってしまうのだろうか。

　それでは、まるで、とんとんだ。

　だけれど、それでも——というのなら。

　後学のため——と言っていた。

「私は」

　ややあって。

　櫛村は言った。

「私は——我慢、したいです」

「我慢？」

　わざとらしく聞き返す侑子。

「はい。我慢……したいんです」

　したくないことを——我慢したい。

　それが、彼女の願い。

「我慢くらい、していると思うけれど」

「え？」

「いえ、こちらの話——では、あなたの『願い』がそれだとして、具体的に、あなたは何を我慢したいのかしら」

　それは、と言いさして——俯く。どうやら言葉を選んでいるようだったが——しかし、最終的に出てきたのは、四月一日に向かって言ったのと、同じ言葉だった。

「……欲求」

　櫛村は言う。

「禁忌を犯したいという——欲求です」

「押してはならないボタンを押したくなる（オシテハナラナイボタンヲオシタクナル）？」

「は——はい。そうです」

「幸せを、享受できない（シアワセヲ、キョウジュデキナイ）」

　侑子はちらりと、四月一日の方を見た。

　覗き見はバレバレらしい。

　が、すぐに視線を、櫛村に戻した。

「たとえば——あなた、宝籤を買って、その結果、三億円が当たったら……どうするかしら？」

「どうするって——」

「換金する？」

「それは——」

　櫛村は若干、躊躇するようにしてから——あからさまに迷っているような素振りを見せてから、しかし、多分、最初から決まっていただろう答を言った。

「しない……と、思います」

予想できた答ではあった。

が、それで納得ができるわけでもない。

てっきり侑子がそれに対し、『それはどうして』とでも、質問を重ねると思ったのだが——しかし侑子は、

「あっそう」

と言っただけだった。

先刻から、櫛村に対し妙につれない。

横から口を挟みたくなるほどに。

お客ということを差し引いても、更にその上、自分から連れて来いと言った相手であるということを差し引いても、左腕を首から吊っている怪我人に対して、あまり感心できる態度ではないと思うが——もっとも、侑子にはそんなこと、あまり関係のある話ではないのだろうが。

「な、なんだか私——昔っからそうなんです。明らかにそっちの方がいい、そっちの方が正しいっていう道があっても、つい、ついつい、そっちとは違う道を選んじゃって、失敗したり……予想通りに、失敗したり」

何も言おうとはしない侑子に対し、その気まずさを払拭するためなのか、ほとんど無理矢理みたいに、言葉を紡ぐ櫛村。

「別に、死にたい理由があるわけでもないのに、自殺の真似事みたいなこと、しちゃったり——なんていうか、いいことがあると死にたくなっちゃったり——幸せだったら不幸になりたくなったり——あ、あ、壱は……侑子さんには、わかりますか、そんな気持ちって。ありませんか、そういう気持ちって」

「わからないし、ないわ」

ぴしゃりと、侑子は言い捨てる。

「だってそれ、あなたの気持ちだもの」

「………」

「あなたがそれをどう思っているのか、知らないけれど——それは立派な、あなたが思ったあなたの気持ちよ。だからあなたがそれを正しいと肯定できるのなら、それは正しいということになるわ」

我慢なんかするまでもなく——と侑子。

「何が正しくて何が正しくないかなんて、人それぞれじゃない。普通かそうでないかも、人それぞれ。『幸せ』もまた——人それぞれなのかもしれない。それでも、あなたは、我慢したいの？ その、欲求という名の気持ちとやらを」

「あ――当たり前、です。こんなこと、やっぱり、おかしいんですから……それに、みんなにも迷惑がかかるし――この怪我だって……」

「そのあたりはウチの四月一日から聞いているわ」

ウチの四月一日って言うな。

「聞いているって……」

「あの子はとても口が軽いのよ」

そして悪評を広めるな。

「でも、どうなのかしら。みんなに迷惑がかかるって言うけれど――その『みんな』の中に、一体全体どれくらいの割合で、『あなた』は含まれているのかしらね」

「……わ、私――ですか」

「何をもって幸せというかは、人それぞれだけれど――突き詰めたところの『幸せ』っていうのは、自分自身との取引なのよ」

侑子は言った。

「と、取引――」

「自分との（ジブントノ）、約束（ヤクソク）」

それは――

四月一日も、前に聞いたことのある言葉。


ならば、それに続く言葉は――

「必要なものは（ヒツヨウナモノハ）、行動と誠意（コウドウトセイイ）」

「行動と……誠意？」

「努力は、報われなければならないということよ。苦労に苦労を重ね、艱難辛苦を乗り越えながら、それでも、それなのに自分に何も与えないというのは――自身に対する、契約違反」

「契約――違反」

「不誠実であるとしか、言いようがないわ」

侑子はこの場に釣り合わないほど、ある種、楽しそうな口調で、櫛村に向けて、そんなことを言った。

「自分に対する、裏切りよ。裏切りというよりは縁切りに近いかもしれないわね――」

縁。

必然。

「ウチの子が言っていたんじゃないかしら？　自分から幸せを放棄する人間なんているはずがない――とかなんとか、そんな甘っちょろいことを」

確かに言った。

が、何故知っている。

「でも、その物言いじゃあ、まだ意味が足りない——甘っちょろいのよ。人間が幸せになるのは本来権利じゃなくて義務だから。自分に対する、義務。権利を放棄するのは勝手だけれど、義務を果たさないのは、不義理でしょう?」

不誠実で——不義理。

つまりそれは……禁忌か。

「宝籤が当たったら、換金するべきなの。それが対価ということ。一万円の価値があるものには一万円を支払うべきだし、三億円の価値があるものには三億円を支払ってもらうべきなの。値引きや値切りはバランスを崩すわ」

バランスをね、と言って——侑子は、両手を頭の上辺りにかかげ、ぽんぽん、と二回、打った。四月一日にはその行為の意味がわからなかったので、そのまま様子を見守っていると、再度侑子は、手を鳴らす。二回。

そして、

「誰か! 誰かある!」

と言ってから、三度侑子は手を鳴らした。

おれを呼んでたのかよ! ていうかおれは忍びのものかよ! 天井裏から現れろって言うのかよ! などと四月一日は心の中で突っ込みをいれながら、音を立てずに襖を開けて、

「はい、ここに」

と、侑子と櫛村が向かい合う部屋へと這入った。

つられて口調が時代劇っぽくなってしまったが。

侑子にはバレバレだった覗き見だったが、どうやら櫛村にはバレていなかったようで、彼女は四月一日の顔を見、安堵したような息を吐く。侑子と二人っきりというシチュエーションは、彼女に相当のプレッシャーをかけていたらしい。さもありなんといった感じではある。

「四月一日。例のものをとってきて頂戴」

当然のように命令。

忍びのものというか悪代官の下っ端みたい。

「例のものって……」

「一昨日、『小さな価値の集う店』から、四月一日が手に入れてきた物品よ」

「…………?」

そんなファンタジックな店なんかにおれは行ったことがないぞと訊き返しそうになったが、一昨日という単語

から、それが百円ショップのことを意味しているのだと悟る。

　なんだその詩的表現……。

「早くなさい」

　侑子のそれは、異論反論を許さない口調だったので、四月一日は、「はあ……」と、どっちつかずの曖昧な返事をして、とりあえず、一旦、その部屋から外に出る。

『小さな価値の集う店』が百円ショップなら、そこで手に入れてきた『例のもの』とは、あの伊達眼鏡のことに他ならないだろう。その辺に仕舞っておいてと言われたので、言われるがままにその辺に仕舞っておいたが……どこに仕舞ったのだったか。そうだ、どうせもう二度と使うことはないだろうと思って、外の物置に入れておいたのだ。物置……侑子は宝物庫と呼んでいるが。

『タカラの山』だそうだ。

　ああこの人はガラクタと宝物の区別がつかない可哀想な人なんだなあと初めて聞いたときは思ったものだが、まあ、その後の様々な経験と照らし合わせて言うと、宝かどうかはともかくとして、確かに、この物置の中には普通ではないものが色々と詰まっているのは、本当らしかった。

　伊達眼鏡はすぐに見つかった。

　部屋に戻って、侑子に手渡す。

　四月一日には礼も言わずに一瞥もせず、

「これはね」

　と、櫛村に向かう侑子。

「とても由緒正しき眼鏡なの」

　由緒正しき百円ショップの出だ。

「普段からこれを掛けていれば、不思議な力が、あなたを正しき道に、導いてくれるわ——間違った選択肢を、封じてくれる。自分が思う自分にとって一番正しい選択を、自分にとって最善の選択肢を、あなたの前に、示してくれるのよ」

「そ……そうなんですか」

　疑問そうに、しかし食い入るように、侑子の手の伊達眼鏡を見る櫛村。まさか『不思議な力』なんて曖昧な言葉を鵜呑みにしているのだろうか。

「すごい眼鏡……なんですね」

「伊達政宗ゆかりの一品よ」

　何故わざわざ余計な嘘を。

はたで聞いていて四月一日はがくがくだった。

「あげるわ」

侑子は、由緒正しき伊達政宗ゆかりの一品を、櫛村に恭しい感じに、手渡した。櫛村は、受け取りはしたものの、どうしていいのかわからないのか、持て余すように、フレームの部分をつまんで、眼前に持っていく。

「で、でも私——視力はいいんですけれど」

「度は入っていないから大丈夫よ」

「そうですか……で、でも、あげるって言われても、私、お金なんて——」

「タダよ」

侑子は言う。

「それが、『あげる』という意味」

はあ——と頷く櫛村だったが、ここで驚いたのは四月一日だった。『あげる』？　侑子さんが？　『タダ』？　何の対価も——なく、だって？

「それをどうするかは、あなたの『自由』。使おうが捨てようが、あなたの『自由』よ。行動と誠意を以って、決めればいいわ。さ。そろそろあなた、病院に戻った方がいいんじゃない？　抜け出してきたんでしょう？　帰りは道案内はいらないわよね——ウチの子に送らせてあげたいところだけれど、この子にはこれから、大事な仕事があるから」

「あ……はい。平気です、一人でも……帰れると思います。そ……その、ありがとう、ございました」

礼の言葉に迷いがあった。

それはそうだろう、ここで帰れば何をしにきたのかもわからない——お礼を言う理由なんて一つもない。何をされたでもないし、何をしたでもない。最終的には、怪しげな伊達眼鏡を受け取った……というより、押し付けられたようなもの。それで帰れと言われても、困るばかりだろう。

が、しかし——侑子がもう区切りをつけてしまった以上、話はこれで終わりなのだ。

それだけは確かなことだった。

結局、櫛村は、四月一日の淹れた珈琲に口をつけることはなく——

どんな『願い』も叶う店を、後にした。

せめてもの、といった感じに、彼女を門扉のところまで見送ってから——四月一日は、侑子のところに、戻る。

侑子は暢気に煙管をふかしていた。

さっきまで咥えてなかったのは、それでも一応、怪我人を前にして、という気遣いがあったということなのだろうか。

そうは思えないけれど。

「なんだったんすか……一体」

「何が」

平然とした顔で、とぼける侑子。

「なにがって……や、訊きたいことは、たくさんありますけれど……あの伊達眼鏡」

「何よ。別に騙してはいないじゃない。まごうことなく由緒正しき一品だし、まごうことなく伊達政宗ゆかりの一品だわ」

「伊達政宗のくだりは騙しです」

「可能性は否定できないわ」

「否定しましょうよ、それくらいは」

四月一日はうんざりした顔になる。

「それに——彼女に言っていた、その、選択肢とかどうとかって効能も、きっと、騙しなんでしょう?」

「あら。わかる」

「昨日まで百五円の伊達眼鏡だったもんが、いきなりあんな効能を持つとは思えないっすから」

「それは一概には言えないけれど、まあ、確かにあの眼鏡は、ただの眼鏡よ」

何の効能もないわ、と悪びれもせずに言う侑子。

「だと思いましたよ——何の対価ももらわずに、そんな大層な代物、侑子さんが誰かに渡すわけがないっすからね」

「何か引っかかる物言いだけれど、取り敢えず、その通りよ。でも四月一日。その認識は、少しだけ、間違っているわ」

「はい?」

「彼女からはちゃんと『対価』ももらったもの」

侑子は言った。

「それに——『願い』も、叶えたし」

「……どういうことっすか」

四月一日の問いかけに——侑子はただ微笑む。

勿体つけるように。

「昨日の、たとえ話の続きだけれど——四月一日。ある日の通学途中、英国紳士が四月一日に声をかけてきて、『あなたに百兆円あげましょう！』と言ったとする。英語で言ったのかもしれないし、日本語で言ったのかもしれない。それはどっちでもいいけれど——そのとき、四月一日は、どうする？」

「ど……どうするって」

「受け取るか、受け取らないか」

「それは——」

即答できない四月一日。

しかしこれは、即答できない時点で、既に答が出てしまっている種類の問題だった。

「や。さすがに——受け取らないですよ」

「何故。どうして」

「どうしてもこうしても——怪しいじゃないっすか。何か企みがあるとしか思えないですよ」

「あっそう」

侑子は頷く。

「つまり、そういうことよ」

「そういうことって……言われても」

「幸せを享受することができないというのは、まっとうに解釈すれば、そういう意味になるのよ。実際的にはね。あたしは別に、英国紳士に何か企みがあるだなんて言っていない——どころか、英国紳士といえば紳士の中の紳士よ。悪質な企みなんかあるわけがないじゃない」

「どうして侑子さんが英国紳士に対しそこまで全幅の信頼を置いているのかは知りませんが、でも——いきなり百兆円とか言われたら、誰だって戸惑いますよ」

「本来ならその返答を、『ひまわりちゃんに告白されたら』のときに、あたしは欲しかったんだけれど——まあいいわ。つまり、さっき、あの人に言った言葉の、裏返しよ」

裏返し。

逆様に見れば——ということ。

「幸せになるからにはそれなりの対価が必要——だとすれば、過度な幸福というのは、自分にとっては害悪よね。それに匹敵するだけの『努力』をし、『労力』を払わなければならないのだから」

「自分との契約——ですか」

自分との約束。

行動と誠意。

「ほら、よく、『人生はプラスマイナスゼロだから』なんて、言うじゃない？　最終的に人生の収支は、とんとんになるんだから——いいこともあれば、つらいこともある、つらいこともあればいいこともあるって」

「それは——」

まるで、とんとん。

「——はい。言いますけれど」

「でも、それはその文脈では不正確。本当なら、『幸せ』になるためには、その分だけ対価として同等の『不幸せ』を背負わなくてはならないと、そんな風に言うべきなの。わかる？『いいこと』のためには『つらいこと』を、『我慢』しなくちゃならないって、そんな感じ。『つらいこと』があれば『いいこと』があるなんて、楽天的な意味ではないのよ。そんな約束は、成立しない」

「…………」

「逆に言うなら、高い立場には高いなりの仕事が要求されるでしょう？　その要求に応えないのは、不誠実で不義理だわ。更にそれを逆に言うなら、自分の立ち位置を、普通よりも一段下——いわゆる不幸な場所に定めるならば、ある程度の『努力』を放棄することを、『頑張り』を放棄することを、自分に許せるということよ。そういう約束なのだから」

「……や。ああ……」

そういう——ことなのか。

否、話の構造自体は、理解できるが——

「で、でも、あの人——櫛村さん、櫛村塗絵さん、あの人の場合は、そうじゃなくって……過度な幸福どころか、当たり前の幸福さえも、放棄して——」

権利も義務も、すっかり放棄して——

「そうじゃないのよ、四月一日」

侑子は——窘めるような言い方をした。

「あれはね、バランスを取っているの」

「バランス？」

「『禁じられた遊び』に興じたいというのは、確かに人間として、至極当たり前の欲求だけれど——それと彼女の事情とを混ぜてはいけないわ。混同しても混交してもいけない。ここまでの説明で、過度であろうがなかろうが、幸福というのはプレッシャーだってことは、四月一日にも、わかったでしょう？　幸せとは、決していいことばかりじゃない――いいことがある分の対価を支払わなければならない以上。そしてその対価を踏み倒すことなんて、できない以上」

「は――はあ」

もしも英国紳士から百兆円をもらったら、その百兆円分の働きを、自分自身に対して行う必要が生じてしまう。

必然が生じてしまう。

英国紳士にではなく――自分自身に。

「彼女、あたしを前にして、『早く帰りたい』と、ずっと思っていたみたいよ――それだけ、あたしと話すことがプレッシャーだったということ。だから四月一日が現れたとき、『安心』した」

「まあ……そうでしたね、確か」

「幸福を放棄する代わりに（コウフクヲホウキスルカワリニ）プレッシャーから逃げる（プレッシャーカラニゲル）――という選択を、彼女はしているのよ。そう、彼女自身が言っていた通り、それは破滅願望でも自殺志願でもない――そこにあるのは、ただの計算よ」

「け――計算、ですか」

計算、計略、計画。

どれも、『欲求』とは対立する言葉だ。


「つまり、一番欲しいものを手に入れることに対し、臆病になっているってことかしらね」

「で、でも――彼女、自分から不幸に飛び込んでいるとしか、思えませんよ？　プレッシャーから逃げるためとは言っても――」

「不幸に飛び込む――赤信号で飛び出すように？」

「そう、そうっすよ」

「でも、轢かれた相手は、原付なんでしょう」

しれっと、侑子は言った。

「飛び出すタイミングは自分で計れるんだから、それならいっそ、ダンプの前に飛び出す方がよっぽど禁忌でしょう」

原付に轢かれて――死ぬことはない、か。腕で自分を庇うようにして飛び込めば、なおさら――そうだ、タイミングを自分で計れるのなら、そうだ、榊村は選んで、自ら選んで、原付の前に飛び出したということに、なるのではないか……？

「結果、あの人は、会社で新企画のプレゼンテーションを、せずに済んだ。そんな緊張する、プレッシャーの掛かる場に、出ずに済んだ」

「……………や。でも――」

「そしてそれによって、みんなに迷惑をかけたと言っていたけれど、実際はそうでもないでしょう？　代理で、誰だっけ、兵頭くん？　その後輩がその『仕事』は引き継いでくれたし、その場にいようがいまいが、彼女が企画を立案したグループの一人であることに違いはないんだから、何らかの何らかは求められるとしても、出世への道も、そんな明確には閉ざされないわよ」

「そりゃ――そうですけれど」

いや、『けれど』じゃない。

そうだ。

それだけだ。

「あるいは出世なんて、彼女はそもそも望んでいないのかもしれないわね。真の小心者は、失敗よりも成功をより恐れるものなのよ。出世して、そのことによって責任が増えることを、厭う人間だって、世の中には少なからずいるのだから。グループのみんなに迷惑をかけたとはいっても、『気のいい連中』ばかりなんでしょう？　そしてそれを一番よく知っているのは――彼女自身だったんじゃないかしら」

「でも――あの人、おれに、花束を」

「見ず知らずの他人のために救急車を呼んでくれるような『異常なお人よし』、世話焼きのセワシくんみたいな見舞い客が、入院中の怪我人から花束をぶつけられた程度で、怒り出すわけもない――まあ、それは彼女が四月一日が本当は癇癪持ちであることを知らなかったからこその行動よね」

「癇癪持ちじゃねえっての」

癇癪持たれが周囲にいるだけだ、約二名。

内一名は今まさに目の前に。

「病院勤めの看護師達を相手に、ナースコールを連射した程度で、そこまで大したことにはならないのも、考えればわかること。学校の非常ボタンだってそうよね。『押しちゃいけないボタン』だとは言っても、別に核兵器の発射スイッチというわけじゃないんだから、怒られる程度よ。というより、どこかで『怒られる』ことを、そんな『幸福以外』を、彼女は望んでいるのかもしれないわ。紅茶が飲みたいときに珈琲を頼むようなものかしら。そう言えばあの人、四月一日が淹れてくれた珈琲を、あたしにぶっかけようとしていたみたいだけれど」

そんなことを考えていたのか。

じゃあ、あの台詞は、それを封じるために。

「既に自分の『事情』を知っていて、それを『解決』してくれるはずのあたしが、そんなことで怒るわけもないという計算が、そこにはあった――とかね」

「…………」

「『恐いくらい調子がいい』っていうわよね。都合よく物語が進行しそうなとき、その前に一回、躓いておきたいという気持ちは、今の四月一日にはもう理解できるでしょう？　『好事魔多し』。ならばあらかじめ、わざと躓いておこう。どうせ躓くなら、先に、早めに躓いておこう。そういうことよ。あの人がどこまで意識的にそれをやっているのか知らないけれど――まあ、ある程度までは、意図的でしょうね」

「そんな――」

そんな人間がいるものなのか。

そこまで、徹底した人間が。

「受験で第一志望の学校に落ち続けたとは言っても、しっかり、別の学校に通っている。会社だって、第一志望では失敗しても、そつなく第二志望に受かっている。ホームで線路に飛び込みたい欲求といつも戦っている――割には、飛び込んだことは、一度もない」

精々、横断歩道付近で減速した、三十キロ毎時の原付に飛び込む程度――と、侑子は言う。

「もっと究極的に言うなら、今、彼女が生きていること自体、その証左でしょう？　彼女がこれまで生きて来られたこと、それは奇跡じゃなくて証左なのよ。人間にとって最大の禁忌は、自殺なのだから。自殺の真似事で満足しているようでは、それは禁忌を犯しているとは言えない」

リストカット歴が一回あると言っていた。

しかし、たったの一回だ。

死にもしない程度の自傷。

「あの人は、絶対に押してはいけないボタンがあれば、何があっても絶対に押さない人なのよ。ただ、口先だけで、『絶対に押す』と断言しているだけ。そう思い込んでいるだけ。その意味で、彼女の自覚はずれている。全く、『人殺し』も『人食い』もしたことがない癖に、禁忌を犯しているとは片腹痛さも極まりないわ。窓から飛び降りる小学生くらいいくらでもいるわよ、何が禁忌なものでしょう。どう、四月一日、こうして並べれば、かなり彼女は、計算高い人だとは思わない？」

　幸福を放棄して。

　プレッシャーを放棄する。

「『欲求』なんて真っ直ぐにして大仰な言葉は、そんな姑息なやり方にはそぐわないわ――だってそれは、ただの『妥協』なんだもの。四月一日はどうやら、そんな人間ではないようだけれど――世界には、取り上げられることを嫌う人間というのがいて、もてはやされることを嫌う人間というのがいて、そういう人たちは大抵の場合、えてして最善よりも次善を選ぶものなのよ」

　最善よりも次善。

「スピードの調整、バランスの問題。人間誰だって、いつもアクセルベタ踏みじゃ、いけないでしょう？　コーナーで曲がりきれなくなってしまう。まあ、用心深いというか、一種の過小評価というか、そんなところなのだけれど――でもだからって、あたりまえの幸福を受領しないのは、正しい姿勢とは言えないわ」

「正しい――姿勢、ですか」

「自分の行動に見合う分だけの幸福は、受け入れるのが義務。それを拒否することは、自分に対する契約違反なのよ。『努力』が『報われない』と、『魂』が『反乱』を起こすから」

「反乱……」

「氾濫とも言うわね。最善を得られるだけのことをしたなら、最善を受け取らなければならないってこと」

　それは、対価だから。

　対価は足りなくても多過ぎてもいけない。

　侑子は先ほどまで、櫛村がいた位置を、煙管の先で示した。

「したくないことを我慢する――面白い言葉の並びではあるけれど、矛盾しているわよね。したくないという時点で、彼女はもう、我慢しているようなものなのに――本当、計算高い。むしろ彼女は、我慢の達人なのかもしれないわね。安全圏から決して出ない、どころか、柵に近寄ろうとしないなんて――でも、どうかしら。彼女はどこまで、それを、そんな自分を、理解できていたのかしら」

「……あの眼鏡を掛けたら」

　四月一日は戸惑いを隠しながら、言う。

「本当に彼女は——自分にとっての、最善の選択肢を、選ぶことができるんですか？」

「まさか」

あっさりと否定する侑子。

「だからあれは、ただの伊達眼鏡だって」

「え……でも、それって」

「四月一日、自分でそう言ったじゃない。あの眼鏡もどうせ騙しなんでしょうって、偉そうに私を窘めておいて、もう忘れたの。四月一日ったら健忘症なのね」

「や、確かに、そうですけれど——でも、だからといって、まるっきり、何の意味もないなんて——」

「意味はあるわよ。過剰でないだけ」

「…………」

「あたしは契機（キッカケ）をあげただけ」

そこまで深くは関われないわ、と侑子は言った。

「四月一日は、ほら、その通りいっつも眼鏡をかけているけれど——その眼鏡を外したら、あやかしが視えなくなると思う？」

「は？」

「あるいは、眼を閉じたら、あやかしは視えなくなる？もっと極端に、その眼球を抉り出したら、あやかしは四月一日の周囲から、消えていなくなると思うかしら？」

「や……怖いこと言わないでくださいよ」

咄嗟に眼を庇うように、侑子から距離を取る四月一日。

「怖いことを言うためにあたしはいるのよ。どうなのかしら。もしもそうなら、この店で四月一日が労働に身を窶す必要なんて、なくなるわけだけれど」

「や。そんなこと——根本的な解決にはなってないっすよ。あやかしってのは、別に、おれが視えているから、そこにいるってわけじゃないでしょう？　そこにいるから——おれに視えるんだから。それで、向こうからおれの『血』に寄ってくる以上、おれが『感じる』ことには、違いないっすよ」

それこそ。

その言にのっとっていうなら、視力だけでなく、五感どころか第六感まで、全ての感覚を封じない限り、問題は解決しないだろう。そういうことに、なるはずだ。

「あっそう。そう思うんだ」

「まあ、試したことないから、わかんないすけど」

「試してみる？」

「そんな不可逆的な実験、誰がしますか！」

失敗したときに取り返しがつかない。

どんな冒険野郎だ。

「まあ、だから、眼鏡自体はどうでもいいのよ」

侑子は話を戻した。

「でも、視力に問題のない人間にとって、眼鏡っていうのは、常に眼に入る『異物』だから、意識せざるを得ないでしょう？　そこであたしの呪いもきいてくる」

「は？　侑子さん、今、呪いって言いました？」

「言ってないわ」

「や、言いましたよ！　あたしの呪いもきいてくるって、確かに言いました！」

「あたしのノイローゼもきいてくると言ったのよ」

「そんなもんがきいてどうすんですか！」

そもそもノイローゼがきく状況ってどんなのだ。

推測の糸口もつかめない。

「示されるまでもなく、何が最善かなんて、彼女には最初からわかっているのよ。だって、それがわかっているから、最善を避けることができるんでしょう？　だから――ちょっと角度を変えて、無意識を意識させてあげれば、それでいい。時が過ぎて、それがいずれ、身体の一部になれば、彼女の『願い』も叶うでしょう。普段から掛けている人にとっては、眼鏡は顔の一部だそうだから。そうなるまでに数ヵ月ってところかしら――でも、大変よ」

「大変って……や、慣れりゃ別に普通ですよ」

「眼鏡の話じゃなくてね」

悪意たっぷりの笑みを浮かべる侑子。

「あの人――櫛村塗絵。これまで、あまりにも分不相応な『幸せ』しか、得てきていないから――自ら、相応しいだけの『幸せ』を、放棄しているから……相当、溜まっているのよ」

「た――溜まっていますか」

何が。

幸福が、だろうか。

「溜まっているということは、澱んでいるということよ。澱んでいるということは、濁っているということ。それなのにそんな過度な幸福を『摂取』することになる――それが義務づけられている。身体が持てばいいけれどね。でもそれは仕方ないわ、『自分』に対し、約束した分だけの対価を、支払わなかった分の、ツケなんだから。ちゃんと、領収書を貰わないと」

「…………………」

「彼女は、逃げ道を失う対価として、逃げ道を支払ったのよ。これから先、どんなプレッシャーに苛まれようとも、あの人は逃げることを、自分に許せない。それって、一体、どれほど醜悪なことなのかしらね？」

「醜悪――」

「もっとも、これからどうするかは、彼女次第なのだけれどね。何も変わらずツケを溜め続けるのも、選択の一つ――あの眼鏡を捨てちゃえば、今まで通りの、最善ならぬ次善の人生を、送り続けられるのだから。それは、幸福じゃないかもしれないけれど――不幸とは、決して違うものなのだから」

そこまで深くは関われない――か。

根源に触れても根底までは付き合わない。

それが、侑子にとっては、当然のことなのだろう。この善悪、善人ないし悪人を問うようなことではなく――筋の通し方なのだろう。侑子のような立場にいるものにしてみれば、そう規定して、自分を律しておかないことには――いずれ、他人を根こそぎ搾取することになる。

彼女はそれを望まないのだろう。

多分。

「さ。これで今日の労働はおしまーい。お疲れさまでした！　あー、働いた働いた。四月一日、珈琲冷めちゃったから、新しいの淹れて頂戴。砂糖とミルクも、忘れずに用意してね」

「あ、はい、じゃあ……ん。……あれ？　あ、ちょっと待ってくださいよ、侑子さん」

「何よ。給料なら上げないわよ」

「や、そんな話じゃなくて」

「何よ。給料ならあげないわよ」

「…………………」

平仮名で言うな。

リアルで嫌だ。

「ってことは、榊村さん――榊村さんの『欲求』っていうのは、彼女自身の問題で、彼女自身の契約の問題であって、あやかしは一切、噛んでないってことになるんですか？」

「そうよ」

何を今更とばかりに、肩を竦める侑子。

「四月一日だって、何も視えなかったんでしょう?」

「……そうですけれど。でも、最初のとき……あの、横断歩道のとき、肩に——」

「ショルダーバッグの金具とかが、街灯の光を反射したんじゃないの?」

そして侑子は——妖艶に微笑む。

だから、と言う。

「今回のことは四月一日にはいいお勉強になったでしょう?　そういう人間がいるということ、よく憶えておいた方がいいわ」

「そういう人間って——」

櫛村塗絵。

幸福を、計算高く——放棄する女。

後学のため——と、最初から、言っていた。

「あやかしなんていなくとも、人間一人いるだけで、それだけの現象は起こりうる。四月一日のような健全な精神の持ち主から見れば、気持ちの悪い人間が、この世界には、存在する。人間の部品として、人間の中にある。四月一日はあやかしを、まるで怖いものみたいにまるで悪いものみたいに言うけれど、どんなものでも人ほど怖くも悪くもないものよ。ねえ、四月一日、暇があったら一度、一人になれる場所で、じっくりと戯れに考えてみなさいよ。四月一日があたしに、それだけの対価を支払い終えて——その眼が無事に、あやかしを映さなくなったとき——」

「果たして、人間が視えるのかどうか」

がぎりと。

嫌な歯車が——歪に、嵌った音がした。

気がした。

「なんちゃって。うっそー」

何とも返せなかった四月一日に対し——

侑子はおどけた口調で、そう切り替えた。

「さ、あたしの仕事はこれでおしまいだけれど、四月一日、四月一日には今日は、珈琲を淹れたあとにも、大事な仕事が残っているんだから、張り切ってね。昨日の遅刻と一昨日の欠勤の分、頑張って取り戻さないと、永久に不滅っぽくこの店で働き続けることになっちゃうわよ」

「え……大事な仕事って」

「流しそうめん」

侑子は当然のように言った。

さながら、それが最善の選択だとばかりに。

いいことのための、つらいこと。

○　○

ああ。

ああ、もう。

私はまたやってしまったのだろうか。

無駄な時間を過ごしてしまった。

時間はとても貴重なのに。

私の悩みを解決してくれる人なんているわけがないのに——私の願いなんて、誰にも叶えられるわけがないというのに。駄目だ無駄だとわかっていたのに、なんということだろう。

あんなお人よしの子供の口車に乗せられてあんな——

あんな怖い女の、えげつない視線に晒されて。

そして得たものは何の変哲のない眼鏡一つ。

何の意味があるというのだろう。

あの人は色々ともっともらしいことを言っていたが、こんなもの、誰がどう見ても、安物のプラスチックで形成された、ことによれば百円ショップででも売っていそうな代物である。どれほどの由来があるのか知らないが——とても信じられたものじゃない。

一体何だったのだろう。

悪徳商法の一種なのだろうか。

人の悩みに付け込んで——という。

しかしそれにしては、私は何を失ったわけでもない——時間を無駄にはしたものの、何も失っていないはずだ。何も失わないままに、このチープな伊達眼鏡を、ただ、もらっただけ。

対価。

あの子はそんな言葉を使っていた。

では私は、これを手に入れる代償として、何かを対価として、失ったのだろうか？　そんな自覚はないけれど——でも、なんだか、そう言われてみれば、変な感じだ。

気持ち悪い感じだ。

何かを決定的に失ったような、そんな気分。

捨ててしまえばいいのだろうか。

こんな眼鏡……どうせなんでもないに決まっているのだから。そうすれば、この奇妙な喪失感は、私の胸中から消え去ってくれるのだろうか。

心地いい居場所を失ってしまったような。

心地いい逃げ場所を失ってしまったような。

ぽっかりと心に穴があいてしまったような。

あるいは、その穴が埋まってしまったような。

ゴミ箱が視界に入った。

私はそこに、その眼鏡を捨てようとする。

そのとき。


やれるものなら（ヤレルモノナラ）、やって御覧なさい（ヤッテゴランナサイ）。


と——あの人の声が響いた。

手が止まる。

勿論幻聴だったのだろう。

印象に残った言葉が、脳裏に蘇っただけだ。


けれど——まあいいか、と思った。

何もそう、急いで決断することはない。

眼鏡を持ったまま、そのゴミ箱を通り過ぎる。

その先に、横断歩道があった。

赤信号だったので、私は止まった。


（了）

『xxxHOLiC ANOTHERHOLiC Landolt-Ring Aerosol』　The Second Story『**UNDERHOLiC**』

第二話◆アンダーホリック

わたしは罰されなければならない。
わたしは罰されなければならない。
わたしは罰されなければならない。
わたしは罰されなければならない。
わたしは罰されなければならない。
わたしは罰されなければならない。
わたしは罰されなければならない。
わたしは罰されなければならない。
わたしは罰されなければならない。
わたしは罰されなければならない。
わたしは罰されなければならない。
わたしは罰されなければならない。
わたしは罰されなければならない。
わたしは罰されなければならない。
わたしは罰されなければならない。
わたしは罰されなければならない。
わたしは罰されなければならない。
わたしは罰されなければならない。
わたしは罰されなければならない。
わたしは罰されなければならない。

わたしは罰されなければならない。
わたしは罰されなければならない。
わたしは罰されなければならない。
わたしは罰されなければならない。
わたしは罰されなければならない。
わたしは罰されなければならない。
わたしは罰されなければならない。
わたしは罰されなければならない。
わたしは罰されなければならない。
わたしは罰されなければならない。
わたしは罰されなければならない。
わたしは罰されなければならない。
わたしは罰されなければならない。
わたしは罰されなければならない。
わたしは罰されなければならない。
わたしは罰されなければならない。
わたしは罰されなければならない。
わたしは罰されなければならない。
わたしは罰されなければならない。
わたしは罰されなければならない。

わたしは罰されなければならない。
わたしは罰されなければならない。
わたしは罰されなければならない。
わたしは罰されなければならない。
わたしは罰されなければならない。
わたしは罰されなければならない。
わたしは罰されなければならない。
わたしは罰されなければならない。
わたしは罰されなければならない。
わたしは罰されなければならない。
わたしは罰されなければならない。
わたしは罰されなければならない。
わたしは罰されなければならない。
わたしは罰されなければならない。
わたしは罰されなければならない。
わたしは罰されなければならない。
わたしは罰されなければならない。
わたしは罰されなければならない。
わたしは罰されなければならない。
わたしは罰されなければならない。

わたしは罰されなければならない。
わたしは罰されなければならない。
わたしは罰されなければならない。
わたしは罰されなければならない。
わたしは罰されなければならない。
わたしは罰されなければならない。
わたしは罰されなければならない。
わたしは罰されなければならない。
わたしは罰されなければならない。
わたしは罰されなければならない。
わたしは罰されなければならない。
わたしは罰されなければならない。
わたしは罰されなければならない。
わたしは罰されなければならない。
わたしは罰されなければならない。
わたしは罰されなければならない。
わたしは罰されなければならない。
わたしは罰されなければならない。
わたしは罰されなければならない。
わたしは罰されなければならない。

わたしは罰されなければならない。
わたしは罰されなければならない。
わたしは罰されなければならない。
わたしは罰されなければならない。
わたしは罰されなければならない。
わたしは罰されなければならない。

きゅおんきゅおん、と、携帯（けいたい）電話に着信音。

新着メールが届きました。
宛先は、勿論（もちろん）わたし。
差出人は、勿論死んだ友達。
わたしは罰されなければならない。

○　○

世に不思議は多けれど
どれほど奇天烈
奇々怪々なデキゴトも

ヒトが居なければ
ヒトが視なければ
ヒトが関わらなければ
ただのゲンショウ
ただ過ぎていくだけの
コトガラ

人
ひと
ヒト

ヒトこそこの世で
最も摩訶不思議な
イキモノ

○　○

果たしてどれほどの人間が、四月一日生まれの者の不幸を知っているだろうか、いや、恐らくは彼ら彼女らの悲劇はおおさお知られていまい――などと言うと、勘の鋭い方ならば「ああ、これから四月一日君尋（ワタヌキキミヒロ）くんがなにか悪口を言われるのだな」「四月一日君尋くんが小馬鹿にされるセンテンスが始まることになるのだな」と察しがつくと思われるが、しかし、範囲を日本国内だけに限っても相当数、単純計算で一四六一人に四人存在すると思われる四月一日生まれの人々のことを考慮して言わせてもらうならば、これは別に四月一日君尋個人にことを限った話ではない。日本の歴史、日本の教育制度に古くから刻まれ続けている、深刻極まりない、想像を絶するエピソードなのである。

　順を追って説明しよう。

　昔からよくある冗談で、四年に一度のうるう年、その二月二十九日に生まれた人間は、四年に一度しか歳を取らないのだろうか、同い年のはずの者が二十歳になる際にまだ五歳なのだろうか、などというようなものがあるが、これは勿論、実際にはそんなことにはならない。何故ならば二月二十九日生まれの者は、二月二十八日に歳を取ると、明確に定められているからだ。ではその、二月二十八日に生まれた者はどうなるのかと言われると、それは二月二十八日ではなく、二月二十七日に歳を取ることになっている。

　もっとはっきり言うと、うるう年もそうでない年も関係なく、人間は、生まれた日の前日に歳を取るというように、お上から明確に定められているのである。二月二十九日生まれの人間は二月二十八日に、二月二十八日生まれの人間は二月二十七日に、二月二十七日生まれの人間は二月二十六日に、歳を取るのだ。

　するとどうなるのか？

　当然、三月一日生まれの人間は、平年には二月二十八日に、うるう年には二月二十九日に、歳を取ることになる。聞いてしまえばなんてことのない理屈ではあるが、世の中はそういうなんてことのない理屈で、うるう年、二月二十九日生まれの者の誕生日に対し、年齢的、誕生日的な辻褄を合わせているのである。二月二十九日生まれの者は、かように、同じ年に生まれた友達と一緒に、成人式の会場に向かえるというわけなのだ。二月二十九日生まれの皆さん、おめでとう。このような、一種論理パズルっぽい理屈によって、あなた方は救われたのである。

さて。

光があれば陰ができるよう、ここでその理屈の巻き添えを食ったのが四月一日生まれの皆さんだった。四月一日生まれの者は、当然、同じ流れで、三月三十一日に歳を取ることになるのだが、年度が三月と四月で区切られ変動する日本国においてそういった事態が起こると、どういった事態が招かれる結果になるのか——そう、四月一日生まれの者は、学校教育を受けるにあたって、本来よりも（否、法律上はそれこそが本来という筋になるのだが）、一つ上の学年に入れられる羽目になるのだ。

つまり、学年で一番年下の生徒として……。

「四月一日、お前は俺よりも年下で、俺はお前よりも年上だよな？　つまりお前にとって俺は目上の人物ということになり、だったらその力になりたいって、思うよな？」

「……はあ」

私立十字学園の、放課後の教室で——四月一日君尋は、同じクラスの芹沢施工（セリザワセコウ）から、普通の神経をしていたらまず押し付けがましいと判断するだろうような押し付けがましい口調で話しかけられて、無視してさっさとバイト先に向かおうか、それともこの場に残って芹沢の話に付き合おうかと二秒ほど考えて、バイト先で雇い主から横柄な口を利かれるのとここで芹沢から横柄な口を利かれるのとでは本質的には全く大差ないという事実に思い至り、ならば日常生活に新鮮味を求める意味で、芹沢の話に付き合う方を選択することにし、席から浮かせかけた腰を、椅子を後ろに引きつつ、元に戻した。

それを見て取って、芹沢は安心したようにはにかんで、四月一日の前の席に反対向きに、つまり背もたれを抱えるようにして、座る。

「悪いな」

「いいよ、別に」

「ちょっと相談があるんだが」

「誰に対して？」

「とりあえずは、四月一日に」

とりあえずとは変な物言いだった。

別にいいけれど。

四月一日君尋にとって、芹沢施工はクラスメイトであってそれ以上ではない——つまりそれは、それ以下でもないということなのだが、要するに、ただの知り合いというには互いの誕生日くらいはわかっているし（ちなみに芹沢施工の誕生日は一月十三日である。ゆえに、お前だって早生まれじゃないかと四月一日は思わなくもない）、席替えがあって隣同士になりでもすれば、教科書を忘れた際には机を寄せて相手のものを見せてもらう程度のことはあるだろうが、それでも取り立てて親しい間柄というわけではない。

　少なくとも四月一日の側からはそう認識している。

　もう少し基準を明確にするならば、四月一日君尋の『視える眼』について、知っている者と知っていない者とに人間を二分すると、芹沢施工は知らない者の側の人間であるということになる（もっともそれは、『視える眼』のことを知っている者イコールで四月一日君尋と親しい間柄という意味では断じてないが……具体的には、百個目がありそうな名前の奴とか）。

『視る眼（ミルメ）』。

『視える眼（ミエルメ）』。

　本来ならば（そう、これこそ本来ならば）、見えるはずのない、この世にあらざるはずのもの（モノ）、存在しないはずの存在を意識に映す四月一日君尋の、両の眼。

　眼球。

　それは隠さなければならないほどに後ろめたいことではないが、だからと言って進んでおおっぴらにするようなことでもない——といったところだ。

「で、なんだよ」

　勿論。

　バイト先の店主が何と言おうと（癇癪持ちと言おうと何と言おうと）、四月一日は基本的には無害極まりない善人なので（ああ、しかしこれも、考えようによってはなんと屈辱的な評価なのだろう）、相手が親しい間柄であろうがそうでなかろうが、相談があると言われてそれを無下に切り捨てるような真似はしない。それに、切り捨てると言えば、幕末の人斬り集団・新撰組の中において、芹沢鴨先生を最も信奉するところの四月一日君尋のこと、物言いはともかく、芹沢という苗字のこのクラスメイトが自分を頼ってくるというのは、悪い気はしないのである。

「なんだよっていうか——」

「言いづらいようなことなら、場所を変えようか？」

「いや——場所はここでいいんだけれど」

「ふうん」

放課後の教室。

とは言え、部活に行ったり塾に行ったり、あるいは普段の四月一日のようにバイトに行ったり、最近の高校生はとても忙しい。教室の中には、まばらに人影が残る程度だし、そして四月一日にとって重要なことに、その残る人影の中には九軒（クノギ）ひまわりの姿はない。となると、芹沢がよいというならば、四月一日の方から場所を変えようと強いて望むような理由はなかった。

しかし。

それにしては、芹沢はやけに言いづらそうにしている——相談ごとをする際に、あらかじめ答を決めている癖にもったいぶって内容を言い渋（シブ）る性格の人間を四月一日は何人も知っているが、しかし少なくとも四月一日の関知する限り、芹沢はそういうキャラクターの同級生ではないはずなのだけれど。大体、そんな同級生が、年下とか年上とか、そのような、四月一日君尋にとっては全くもって取るにたらないことを、殊更取り立てて気にしたりするものだろうか？

それともまさか、という考えが四月一日の脳裏に浮かぶ——しかし、その考えは一瞬にして否定される。まさか、そんなことはありえない。もしもそうだったなら、確かに芹沢であろうと誰であろうと、言いづらいだろうことはわかるけれど、だからと言ってそんな話を芹沢が四月一日のところに持ってくる理由がない。大体、そうだ、芹沢は四月一日の『視える眼』のことを知らないのだから——

だが、四月一日君尋は失念している。

四月一日君尋の人生において、いい可能性と悪い可能性があれば、それは悪い可能性の方が実現するという法則を。

「なあ四月一日」

「なんだよ」

「ちょっとお前と幽霊の話をしようと思うんだが」

「……そうか」

ところでおれは命にかえても守らなければならない大事な約束を思い出したからもう何を置いても帰らなければならないのだがお前はどうすると、ここで席を立つことができるようになれば四月一日君尋の人生ももう少しばかり生産的なものになるのだろうけれど、しかしそれができないからこその四月一日君尋だとも言えるだろう。

「偶然だな。おれも丁度、芹沢とはかねてより、幽霊の話がしたい、幽霊について語り明かしたいと思ってたんだ」

だからと言って別に言わなくてもいいだろう余計なことまで四月一日が言ったところで、そのまま会話は続く。

「四月一日、幽霊を見たことはあるか」

「や、えーっと」

毎日のように見ている。

なんだったら今から表に出て見てこようか？

とは、さすがに言わない。

「まあ、見たことはないよ」

そもそも。

見たいとも思わない。

「そうだよな。それが普通だよな。いや、別に俺が幽霊を見たとかなんとか、そういう話じゃないんだよ」

「へえ、そうなのか。てっきりそうなのかと思ったけれど——じゃ、芹沢、それは、どういう話の振り方なんだ？おれは幽霊を見たことがない、芹沢も幽霊を見たことがないじゃあ、幽霊の話なんかしようがないだろうが」

まさか放課後の教室で百物語でもあるまい。

午後四時の夏場、まだ日も高い。

「俺の弟の、塾の友達」

「ん？　なんだ、随分遠い奴が出てきたな」

「まだ遠いぞ。その俺の弟の塾の友達の、部活の先輩のいとこにあたる、大学生のお姉さんだ」

「……まあ、地平線よりは近いか。それ以上遠くならなければだけど。それ以上遠くなってしまうと、地球が平面ではなく大きな球体である関係で、姿が見えなくなっちまう」

「でも、大学生のお姉さんってことは、女子大生だぜ？」

「集合論的には、恐らくそうなるな。お姉さんというのが、その人の名前でもない限り」

幸いなことに、女子大生というキーワードを聞いた途端に我を失うような愉快な属性の高校生では、四月一日はない。その言い方では、芹沢の方はどうだか知らないけれど。

　ともあれ、要するに、芹沢が言うところの相談とは、芹沢の弟の塾の友達の、部活の先輩のいとこにあたる、大学生のお姉さん――四月一日から見れば、クラスメイトの弟の塾の友達の、部活の先輩のいとこにあたる、大学生のお姉さんが、幽霊を見たという話なのだろうか。

『幽霊を視る』。

　四月一日にしてみれば、それは本当に大袈裟でなく、毎日毎時毎分毎秒単位での日常であり（今だってどんなきっかけで、芹沢施工の背後に、ただならぬものを視てしまわないとは限らない）、そのことだけではさして驚くにはあたらないのだけれど、つまり、その、芹沢の（中略）大学生のお姉さんもまた、四月一日と同じ、あるいは似たような、見えざるものを見る、『視る眼』としての眼球を二つ、眼窩に収納しているということなのだろうか。

　勿論、自分以外にもあやかしを見ることのできる者が、たとえばバイト先の店主あたりを代表として、いることはわかっているけれど――だから、芹沢の（中略）大学生のお姉さんがそうであったところで、何ら不思議はないけれど、しかし、そういう話をこれほど唐突な形で聞くのは初めてだったので、四月一日の心境は、にわかに緊張する。

「ん？　どうした四月一日。いい面構えになってるぞ」

「あ……や、別に」

　言われて、はっと我に返る四月一日。

　緊張のあまり、意識が軽く飛んでいた。

「怪しい奴だな。なんで俺を眼視してんだよ」

「えーっと、いやいや」

　取り繕うように、無理矢理に言葉を紡ぐ。

「じゃあ、つまり……その、芹沢じゃなくて、その大学生のお姉さんこそ、幽霊が見えるってわけなんだな？」

「あん？　『幽霊が見える』だなんて、四月一日、それじゃあまるで、幽霊がいることが前提みたいな言い方じゃないか。なんだよ、四月一日って、幽霊とかいう単語を鵜呑みにできるクチ？」

「や、それは――そういうわけじゃないよ。そういうわけじゃない、今のは言葉の綾だ。言い間違いと言ってもいい。つまり、『芹沢じゃなくて』って意味で言っただけだから。まあ、細かいことが気になるって言うなら、わかったよ芹沢、言い直せばいいんだろう。要するに、その大学生のお姉さんが、幽霊を見たってこと――」

咄嗟に、四月一日は重ねて取り繕うが、しかし、そうは言ってもこの台詞はまるっきりの嘘というわけでもない。そのような存在を視えることと、そのような存在を鵜呑みにできることとは、全く別次元の問題である。その間には、恐ろしいほど途方もない断絶がある。視るのと同じように鵜呑みにできるようなら、そもそも四月一日は、この眼のことでそこまで悩んだりはしないのだ。そうできたらどれだけ楽だろうと思っても――それでも望まずにはいられない。

この眼が。

視えなくなればいいのにと。

その芹沢の（中略）お姉さんも――果たして、そうなのだろうか。

しかし、

「いや、違う違う、そうじゃない」

と、芹沢は言った。

「見たってわけじゃないんだ、別に」

「……話が一向に繋がらないな」

おれも別に暇ってわけじゃないんだが――と、喉のところまで言葉が出掛かるが、とりあえず四月一日は、ここではまだ堪えることにする。ここでそんなことを言って、四月一日君尋はやっぱり癇癪持ちなんだなんていう風評が出回ってもいい迷惑だ。

「その大学生のお姉さんはな――」

「や、いい加減、どうにも回りくどいな。その人、名前はなんていうんだ?」

「ああ。日陰宝石（ヒカゲホウセキ）という」

「日陰宝石さんね。随分とまあ格好いい名前だな。まるで映画のようだ」

確認するまでもなく、漢字は日光の当たらない場所という意味の『日陰』に、鑑賞に堪えうる美しい天然鉱物という意味の『宝石』だろうと四月一日は見当をつけ、わざわざそれを確認しようとはしない。バイト先の店主辺りに知られたら笑われるか怒られるか、どちらかしそうな杜撰さではあるが、四月一日自身はそれをそれほど杜撰だとは思っていないので、そのまま、芹沢に向けて「で、その日陰さんがどうしたんだよ」と、話の続きを促す。

「メールがな」

「うん？」

「メールが、来るらしいんだ」

「……誰から？」

「だから、幽霊から」

ふうん。

としか、受けようのない振りだった。

それだけの言葉に、そしてそのような言葉に、想定外の面白いリアクションを返せるほど、四月一日君尋は芸達者な高校生ではない。

「順を追って話すとだ――その日陰さんには、友達がいたんだ」

「そりゃいるだろう。誰にだって、友達くらい。おれにだっているし、お前にだっている。日陰さんにもいるだろうさ」

「そう、で、その中の一人だ。大学の同じ学部の学生で、名前を鹿阪呼吸と言う」

「宝石に呼吸か。えらく的を射た二人組だな」

それこそ、まさに映画だと、四月一日は思う。しかし、その辺りについて深入りすることに大した意味はなさそうだし、折角、おぼろげながらも話が見えて、繋がってきたところで、その腰を折って脱線させてしまっても何なので、また芹沢もそこまで込み入った事情を知っているとは限らないので（むしろ、四月一日の今の台詞に対するきょとんとした反応を見る限りにおいて、『宝石』と『呼吸』の関係についての知識があるかどうかも疑わしい）、四月一日はそれ以上の言葉を重ねない。とにかく、クラスメイトの弟の塾の友達の、部活の先輩のいとこの、大学生のお姉さんであるところの日陰宝石の、同学部の友達である、鹿阪呼吸さんが、芹沢の物語の登場人物として、現れたわけだ。

「それで？」

「その鹿阪さんが、先月、事故で死んだんだと」

訂正。

鹿阪呼吸さんは登場前から既に死んでいた。

「ほら、テレビのニュースになったかどうかは知らないけど、新聞かなんかで、読まなかったか？　俺は話を聞いたとき、なんとなく思い出せたんだけど。こっからそう遠くない駅で、人身事故が起こったって――駅のホームで電車を待ってた大学生が、入ってきた電車と接触して——」

覚えがない。

忘れているのか、それともそもそも知らないのか。四月一日は新聞を隅から隅まで目を皿にして読み尽くすというような人間ではないので、どちらかと言えば、そもそも知らないという方の可能性なのだろうが、どちらにしても、この国において毎日のように起こっている数多い電車事故について、たとえ知り得たとしても、その全てを記憶するというわけにはいかないだろう。だから四月一日は芹沢に、正直に、「知らない」と言った。芹沢は「そうか」と、頷く。

「白線の内側にお下がりくださいとか、プラットホームじゃ定番の放送だけれども、その鹿阪さん、ちょっと線路の上に身を乗り出しちゃってたらしくて——撥ね飛ばされて、運悪く後ろの鉄柱に後頭部を強くぶつけて、意識不明の末に、死亡ってわけ。死因は全身打撲と脳挫傷ってことになるのかな」

「電車は凶器だよなあ」

「自動車ほどじゃないだろ。鉄砲なんかよりずっと怖いぜ。とか言いつつ、俺らも卒業したら自動車学校に通うんだろうけれど、な。まあ、それはそれだけなら、大した話でもないんだが——いや、人が一人死んでるんだから、大した話じゃないなんて言っちゃ駄目なんだろうけれど、そういう意味じゃなくて——」

「わかってるよ。続けて」

「ああ……その鹿阪さんが、その撥ねられた電車に乗ってどこに向かおうとしていたかというと、それが、日陰さんとの待ち合わせだったらしいんだ。その日、一緒に買い物に行く約束をしていたとかで、どっかの公園で待ち合わせしてたんだとさ。日陰さんは約束の時間になっても、約束の時間を過ぎても、一向に現れない鹿阪さんを不審に思ったけれど、だからと言ってどうすることもできなくって——そもそも鹿阪さんという人は、なんというか、かなり時間にルーズな人だったらしいから、いつものことだと、その日は一人で買い物をして帰ったようなんだけれど、それで、翌日になって初めて、その事実を知ったというわけ」

「驚いただろうな」

待ち合わせにこなかったからと言って、まさか相手が事故にあって病院に運ばれ、挙句に死んでしまったとまでは、普通は考えないだろう。その心中は、察するに余りある。

が——

それは、それだけなら、それだけの話だ。

芹沢の言う通り、大した話じゃない。

大逸れている（ダイソレティル）その先が——あるはずだ。

「で——それ以来、来るんだと」

「来るって——何が」

「だから、メールが」

芹沢は言った。

「その事故が起きてしばらくしてから、毎日、毎日毎日、鹿阪呼吸が電車に撥ねられたのと、はかったように同じ時刻に——日陰宝石さんの携帯電話に、死んだはずの鹿阪呼吸さんから、メールが届くんだよ」

○　○

わたしが悪いんだ。

わたしのせいで呼吸ちゃんは死んでしまった。

まだまだしたいこと、いっぱいあっただろうに——わたしのせいで、呼吸ちゃんは、もう何もすることができない。

わたしのせいで、何一つ。

あの日、わたしが買い物に誘わなければ。

いや、待ち合わせなんかせずに、わたしが呼吸ちゃんの下宿を直接訪ねていればよかったんだ。わたしは何度も行ったことのある場所だし、それに、どうせわたしは呼吸ちゃんに借りていた本を返さなければならなかったのだから、それなら、わたしにとっては、ただ単に、順番が逆になっただけなのに。

そうしていれば、呼吸ちゃんは死ななかったのに。

わたしがちょっと手間を惜しんだばかりに。

行ったり来たりになるからと、わたしがそんな風にきなきなと電車賃をケチったせいで、あんな結果になってしまった。いくら先月の生活が苦しかったとは言え、そんな数百円程度のお金を始末する必要が、そのときのわたしに切実にあったと言えるだろうか？

言えるはずもない。

だから、しょうがない。

呼吸ちゃんが(コキュウチャンガ)、わたしを恨むのは(ワタシヲウラムノハ)、しょうがない(ショウガナイ)。

わたしは甘んじて受け入れなければならない。

わたしはそれを、抵抗なく受け入れなければ。

だって、わたしが悪いのだから。

己(オノレ)の罪を認めないのは、何よりも深い罪悪だ。

でも、わたしは誰に謝ればいいのだろう?

それは、呼吸ちゃんに。

でも、呼吸ちゃんはもういないのだ。

わたしには、謝ることさえ、許されない。

まして、許されることなんて。

望んではならない。

願ってはならない。

たとえ、どんな願いも叶えられる機会(ドンナネガイモカナエラレルキカイ)が訪れたところで——わたしはわたしが許されることを、決して願ってはならないのだ。

ああ。

わたしの大事な友達である呼吸ちゃんは一体、最期、何を思ったのだろう? 死にゆく、消えゆく意識の中で、一体、その眼に何を思い浮かべたのだろう? それとも、そんな詩的な情景などなく、わけもわからないままに、痛みを痛いとも思えないままに、呼吸ちゃんの意識は闇に落ちていったのだろうか? 駄目だ、そんなのは酷過ぎる。わたしにとって、残酷過ぎる。

ならば、わたしのことを思い出したかもしれない。

わたしとの約束を、守れなかったことを、呼吸ちゃんは考えたかもしれない。もうこれから先、何も思えなくなる、何も考えられなくなる最後の最後の思考で、わたしのことを、呼吸ちゃんは考えたかもしれない。

なんて、馬鹿な子。

買い物なんて、いつでもできたのに。

あの日でなければならない理由なんてなかったのに、買い物なんて、呼吸ちゃんと遊ぶための、わたしの口実に過ぎなかったのに。

そもそも、呼吸ちゃんがあのくらいの、待ち合わせ程度のわたしとの約束を破ることなんて、いつものことなのに。遅刻なんて当たり前で、わたしとの約束自体をすっぽかすことだって、決して少なくなかった。わたしがそのルーズさ、呼吸ちゃんのいい加減さに少し怒って、呼吸ちゃんが五分くらい謝って、それで仲直りで、そんなの、いつものことなのに。

それとも、だからなのかな？

わたしがいつもいつも、いつものことのように、口が酸っぱくなるほど、呼吸ちゃんのルーズさ、いい加減さにあんまりにもうるさく言うから——呼吸ちゃんは、あの日は、予定通りの時間に待ち合わせのあの公園に現れて、わたしを驚かせようとでも思っていたのかもしれない。

呼吸ちゃんが事故にあったのは、午前十一時六分。

待ち合わせは、午前十一時。

全然間に合っていない。

わたしのよく知る呼吸ちゃんらしい、いつも通りの遅刻だ。

だから。

だから呼吸ちゃんは、線路に、身を乗り出して。

一分一秒でも早くと急ぎ(イソギ)、気が急いた(セイタ)末に——

死に急いでしまった(シニイソイデシマッタ)。

わたしがもっと寛容であればよかった。わたしが呼吸ちゃんにもっと優しくしておいてあげればよかった。それは勿論、ルーズなことやいい加減なことは、褒められたことではないけれど、だからと言って、それが理由で死ななければならないなんてことがあるだろうか？　あるわけがない。呼吸ちゃんが命を落としたことに関して、呼吸ちゃん自身に責任なんて、一つだってないのだ。

全部わたしのせいだ。

こんな後悔すら、偽善的だ。

許される資格がないのと同じくらい、わたしには後悔する資格がない。わたしがどれだけ激しく後悔したところで、呼吸ちゃんが生き返って帰ってくることなんて、ありえないのだから。

そんなことは(ソンナコトハ)、わかっている(ワカッテイル)。

でも、もしも、呼吸ちゃんが生き返るのだとすれば——わたしはどんなことでもするのに。代わりにこの命を投げ打っていいとさえ、言えるのに。大袈裟じゃない、少なくともわたしにとって、呼吸ちゃんはそれだけの価値のある、わたしの大事な友達だったのだから。

わたしの、かけがえのない友達だったのだから。

それなのに。

失ってしまった、わたしは、永遠に――これから先、たとえ何歳まで生きたところで、わたしは呼吸ちゃんのような気の置けない友達に出会えることはないだろうと、確信できる。呼吸ちゃんはわたしにとってオンリーワンだった。わたしはもっとあの子のことを大切にするべきだったんだ。本当に大事なものや本当に大事な人は、なくしてしまって初めてわかるなんて、あまりにもステレオタイプな物言いになってしまうけれど、それだけに真実を言い当てていると思う。

でも、誰が思う？

大事なものを、大事な人を、まさかなくしてしまうことがあるだなんて――それはまるで、天が落ちてくることを心配するようなものじゃないか。そんなことを気にしながら生きていろだなんて、無闇もいいところだ。

でも、わたしはそうするべきだったんだ。

呼吸ちゃんのやり残したことの膨大さを思うと、呼吸ちゃんの心残りを思うと、わたしは本当に胸が痛くなる。気が遠くなる。

わたしは一体どうすればいいのだろう。

どうすれば、いいのだろう。

いっそのこと、呼吸ちゃんの後を追って――

きゅおんきゅおん、と、携帯電話に着信音。

折りたたみ式の携帯電話――わたしの携帯電話。呼吸ちゃんとお揃いだった、携帯電話。ａｕのＡ５５１４ＳＡ。そのディスプレイに表示される――

鹿阪呼吸(シカサカコキュウ)という名前(ナマエ)。

ディスプレイの右上に表示されている現在時刻は、十一時六分――呼吸ちゃんが電車に撥ねられたのと、全く、寸分狂わず、同じ時刻。

わたしは本文を確認する。

震える手で、ボタンを操作して、確認する。

こんなことに意味なんてない、こんなことに意味なんてあるはずがない、そう思いながら、それがわかっていながら、唇を強く噛(か)み締めながら――そのまま、届いたそのメールを、読まずに削除することができればどれほど楽か、わたしはまるでおかしなことをしている、そんな全てを承知していながらも、しかし、それでもわたしは、確認せずにはいられない。

勿論、わたしは、その本文を知っている。

毎日届く、死んだ友達からのメール——

○　○

浅ましい台詞で、しりとりをしよう。

侑子さんから。

『た、頼む！　何でも言うことを聞こう、今までのことは全て謝る、わ、悪かった、この通りだ、だから、だからどうか命だけは助けてくれ！　金なら奴らの二倍、いや三倍だそう！』……の『う』

四月一日くんへ。

『嘘だっ！　こ、この俺様が貴様如き下等生物にスピードで敵わないなんてはずがないっ！　俺はナンバーワンなんだ！　これは何かの間違いだ！　も、もう一回やれば、俺の方が速いに決まっているんだっ！』……の『だ』

……いや、『つ』

『つまらないと思うことはしたくないんだよ、ほら、私には私に似合った役目っていうのがあると思うから、私らしくないことっていうのはしたくないいんだよね。私らしくっていうのが何より大事なんだよ。勿論やったらある程度はできるとは思うけど、それをやると、私が私じゃなくなっちゃうと思うから。そういうことはしないって決めてるから。私が私であることだけが、私にとって必要なことだからさ』……の『さ』

『最初から僕は言ってたじゃないですか、だから僕はどうせ駄目だって言ってましたよ。あーあ、やっぱりだ、やっぱりこうなった。僕の思った通りですよ。わかってたんだ、だから今もやっぱりなとしか思わないですよ。なのにみんな僕の意見を無視してさ、僕はちゃんと言いましたからね、僕はこれ全然悪くないですよ』……の『よ』

『よくある一般論だから、これを私が言っていると思われると困るんだけども、やっぱりきみは間違っていると思うんだよね。いい悪いの問題じゃなくてさ、本当、いい悪いは別にして。どっちが正しいかとかじゃなくてね。いや、個人的にはいいと思うし、応援したいけれど、みんなはどう思うだろうな』……の『な』

『なす術もない……俺たちは全員ここで死んでしまうんだ！　ち、畜生、こうなったら、死ぬ前に好き勝手やってやるっ！　〇〇〇（ヒロインの名前）、俺は昔からお前のことがー！』の、『が』

「音引きはイキじゃない？」

「や、じゃあ、『あ』で」

「『あいつ絶対わかってないんだよ、今のあの女があるのって俺のお陰なんだって、俺が育てたようなもんなんだから。俺がいなきゃあんな女、なんにもできないただの田舎出の小娘だったんだから！　それなのになんか勘違いしちゃってさ、俺はあいつのことなんかどうでもいいけど、あいつは俺がいなきゃ駄目なんだってば。本当にもう、わかってない』……の『い』

「『今は言い訳に聞こえるかもしれませんけれど、しばらく時間を置いて冷静になってみたら、あなたがたにも私の方が正しかったことがわかると思うんですよ。いや、いいんですいいんです、ここは私が悪役になっておきます、今回はあなたがたに花を持たせて、私の負けってことにしておきますから、まあ、世の中にはまぐれってこともありますしね』……の『ね』

「『値段のつけれないものなんてこの世にはないのじゃっ！　金じゃ、金が全てじゃ！　貴様らだって目の前に札束で壁を作られてしもうたら、復讐心なんぞころりと忘れて、額を床に擦り付けて、儂に服従を誓うのじゃろうが！』……の『が』

「……侑子さん」

「何よ。言っておくけれど、濁音は濁音のままというルールだからね。妥協はしないわよ」

「や……あの、出過ぎた真似だとは思いますがあえて陳情させていただきますと、この遊びは、あまり面白くありません」

「あっそう」

涼しい顔をして、ソファの上で、まるで自身をソファに付属したホコリ避けのシーツの生まれ変わりだと位置づけているかのごとく、身じろぎもしない、壱原侑子（イチハラユウコ）。

どういった理由に由来しているのか、侑子は室内であるにもかかわらずテンガロンハットをかぶっているが、侑子に対してその程度の些細なことで口出しをするような無謀な者は、世界中探しても一人だっていないだろう。

対する四月一日は、学生服の上に割烹着を着て、頭に三角頭巾を巻いた、いわゆるおさんどんの格好をして（言うまでもなく、そのファッションが誂えたようによく似合う)、そんな侑子から三歩分の距離を置いた位置に、座布団を敷いて正座している。簡単に説明すると、これは、夕御飯の下準備を終えた四月一日が、本準備までの隙間を縫って侑子さんのところにコーヒーを運んできたら、予定外に変な遊びに誘われてしまったという構図である。ひょっとすると自分の職務内容は、侑子さんの暇潰しの相手なのではないかと思う、今日この頃の四月一日であった。

「あたしは面白いと思うけれど」

「や、大体この遊び、お題が『台詞』なもんだから、語尾の終助詞次第でいくらでも自分に有利にことを運べそうなんですけれど」

「それをしないのが紳士協定というものよ。サッカーのオフサイドと同じような感じね。これは勝敗を競う遊びじゃなくて、どれだけ続けられるか、どんな風に続くかを楽しむ遊びだから。バットで行うキャッチボールみたいなものよ、相手の打ち易いところに返してあげなくちゃいけないでしょう?　ラ行で返すなんて、もってのほかというわけ」

「はあ……無駄な紳士協定もあったもんですね」

「しりとりというのは、四月一日の身の安全のためにも悪くない遊びだと思うわよ。いつか四月一日は、しりとりによって命を救われることがあるでしょう」

「何を馬鹿なことを。また侑子さんはおれを担ごうとしちゃって。騙されませんよ、しりとりなんかで身を守ることなんてできるわけがないでしょう。もしもこの先そんなことがあったりしたら、おれはこれまでこの店で働いたバイト代を全額返上しても構いませんね」

「確かに聞いたわよ」

「まあ、しりとりはしりとりでいいとしても、侑子さん、せめて、テーマが『浅ましい台詞』じゃなくて『格好いい台詞』とかだったなら、おれももう少し、楽しめたと思いますけれど」

よりにもよって浅ましい台詞とは。

正体はわからないけれど、とにかく自分の中にある何か大切なものを、自分の手で持つ刃物で、ざくざくに切り刻んでいるような奇妙な感覚を味わった。

「その倒錯感を楽しむ遊びなの」

「嫌な遊びですね」

「『格好いい台詞』は、でも、駄目よ、四月一日」

侑子は言う。

「だってそんなことをしたら――自分を何者(ナニモノ)かと勘違いしちゃうじゃないの。まるで、自分自身が主人公であるかのように、思い違いをしてしまう」

「はあ……」

なんだろう。

いきなり真面目な話だな。

「とんでもない錯覚だわ。自分の人生は自分が主役だなんて、とても他人に頼った考え方。依存寄生もはなはだしい。個人個人がオンリーワンだなんて、どうしてそんな途方もないことを考え付くのかしら。人(ヒト)なんて、地球上に六十億人もいるというのに。明らかに、ワン・オブ・ゼムじゃないの。ナンバーワンだって、ワン・オブ・ゼムであるという事実からは、決して逃れることはできないのよ」

だから。

自分自身は脇役だと位置づけておくくらいで、丁度いいのよ――と、侑子はまとめた。

壱原侑子。

四月一日君尋のバイト先の店主、である。

どんな(ドンナ)『願い(ネガイ)』も叶う(モカナウ)店(ミセ)の店主。

そして、四月一日君尋の救世主。見えざるあやかしを視る、四月一日君尋のその両眼を――視えなくしてくれるはずの、救世主。勿論それには相応の対価が必要で、それゆえに四月一日は放課後、家にも寄らずに学校から直接、このどんな(ドンナ)『願い(ネガイ)』も叶う(モカナウ)店(ミセ)にやってきて、雑務雑事雑用を、おさんどんの格好までしてこなしているということなのだが、それは裏を返せば、対価を支払えば、確実に、壱原侑子はどのような願いでも、本当に、叶えてしまうということでもある。でなければ、四月一日にはこのような労働に従事しなければならない理由など一つもないのだ……年齢不詳のお酒呑みにこき使われるのを生き甲斐にするほど、四月一日の人生観は特殊ではない。次元の魔女と呼ばれもしているらしいが、その辺のことについては、四月一日はよく知らない。別に知らなくてもいいと思う――と言うよりは、むしろ深入りしたくない。

侑子には不思議な力があり、その力は、四月一日の両眼にとって有効であるということさえはっきりしていれば、それでいいのだ。『視る眼』が『視えなく』なりさえすれば、四月一日は他に何も望むことはない、それだけでいい。

　そんなわけで、今日も今日とて四月一日は、家にも寄らずに学校から直接、このどんな『願い』も叶う店にやってきて、雑務雑事雑用を、おさんどんの格好までしてこなしている——

「しかし、なるほどね」

　しりとり遊びについてはどうやらもう飽き足りたらしく、侑子は蛇のようにゆるりと首を動かして四月一日の方を見、蛇のようににんまりと嫌らしく微笑んで、そう切り出した。

「学校でそんなことがあったの。災難だったわね。だから四月一日は、今日は、店に来るのが少し遅かったんだ」

「…………」

　いいえ。

　侑子さん、まだおれは何も話していません。

　ネタとしては使い古された古典とも言うべきベタベタなそれだけれど、しかし実際に目の前でやられると、結構普通に引く……。

「ん？　あらら、あたしとしたことが、どうやら会話の順番を間違えてしまったようね。じゃあ四月一日、さっさと放課後、芹沢くんと話した会話の内容を、教えなさい。聞いてあげるから」

「えっと……」

　というか、芹沢の名前を出したかどうかも、身に覚えがないのだけれど……そんなことを聞いても無駄なんだろうな、虚しいだけなんだろうなと、四月一日は潔く諦める。

「話して御覧なさいよ、四月一日。ほら、あたしって、『一休さん』で言えば、一休さんなんだからさ」

「その台詞、『一休さん』で言えば、って断りを入れる必要は全くないっすよ」

「じゃあ、安国寺で言えば、一休宗純なんだからさ」

「たとえを具体的にすることによってよりわかりづらくなっているようですが……」

「ちなみに四月一日は珍念さんね」

「新右衛門さんじゃねえのかよ！　……っていうか、不勉強でして『一休さん』については詳しくないからよく知りませんけれど、しかし『珍』という字が使われているところから推測するに、その珍念さんという方は、どう考えても格好いいキャラクターではないですよねえ！」

「四月一日は新右衛門さんがいいって言うの？　でも、四月一日は知らないんでしょう。新右衛門さんは、最初は将軍様の命令で一休さんのことを殺そうとしていたのよ？　ほら、珍念さんの方が自分に相応しく思えてきた」

「や、たとえ新右衛門さんが岡田以蔵なみの人斬りだったとしても、珍念さんよりはいいと思いますけれど……よく知りもしないで珍念さんのことを悪く言うのは非常に心苦しいですが！」

　まあ、そもそも、自分のキャラクターを一休さんで例えられたいとは思わないし、それに、うろ覚えの知識であっても、文部省推薦のあのアニメの一休さんと、壱原侑子のキャラクターとの違いは、ことさら確認するまでもない。むしろ、それこそ、髑髏の杖をついたリアルな一休宗純の方が、侑子のイメージには近いだろう。

「じゃあ、まあいいわ。この前と同じで、ドラえもんと言うことで」

「じゃあ、おれはセワシくんなんですね……」

「これからは四次元の魔女とでも名乗ろうかしら」

　ふふふ、と侑子は薄く笑う。

「いいから、話して御覧なさい五月一日（ゴタヌキ）」

「それっぽく片仮名でルビを振ったところで、おれの苗字は揺るぎ無く四月一日ですし、それに五月一日と書いて『ごたぬき』とは読みません」

「あっそう。随分と生意気を言うわね、偉そうに。どうして四月一日と書いて『わたぬき』と読むのかも知らない割には」

「や、それくらい知ってますよ！」

　自分の名前のことだ。

　いくらなんでも知らないわけがない。

「あっそう。知っているの。その通りよ、中々博識じゃない、四月一日。そう、どうしてなのかと言えば、それは、旧暦の四月一日には、四国の伝統的な年中行事の一環として、山に住む動物のタヌキさんのハラワタを抜いて神に捧げるお祭りが行われていたから……」

「違う！　おれの苗字はそんな血腥いお祭りに由来してはいねえ！　やめろ、あんたが声の調子を低くしてもっともらしく語ったら、信じる人が出てくるかもしれねえだろうが！」

　勿論。

　そもそも今も昔も、四国にはそんな年中行事は存在しない。

　念のため。

「ほら、早く話さないと、こんな会話が延々と続くことになるわよ。君尋という下の名前も、一体どんないじられ方をすることかしら。ああ、人の名前で冗談を言うのってどうしてこんなに楽しいんでしょうね、他人の人権と尊厳をぐりぐり踏みにじっている気分だわ」

「…………」

　一昔前の少女マンガよろしく眼をきらきらさせてうっとりと、押しが強いのだか何なのだか、なんだか不自然なキャラ設定だった。というか、キャラがぶれている。

　ともかく、とりたてて後ろめたいようなやましいことではないので——いや、実を言うと最初から、その件については、四月一日は侑子に、夕飯のときにでも伝え話す予定でいたので、特に隠し立てすることもなく、四月一日は、芹沢から聞いた話を、ほとんどそのままの形で、侑子に話した。

　死人から来るメールの話（シニンカラクルメールノハナシ）。

　芹沢施工自身は、四月一日にそんな話を持ってきておきながら、幽霊の存在についてはどちらかと言えば否定的——まあそれが当然と言えば当然なのだが——だったようだけれど、『視る眼』を持っている四月一日の立場からしても、いまいち現実味のないエピソードではあった。説明が難しく、どうしても順序が支離滅裂になってしまう。侑子の反応に、確かな手ごたえを感じることができないままに（話の途中で横を向いて煙管（キセル）に手を伸ばしてしまった。聞き手から受けるリアクションとしては、間違いなく最低ランクである）、四月一日は、芹沢から数時間前に聞いた、日陰宝石と鹿阪呼吸の事情について、語り終えてしまった。

　あとは、侑子の返答待ち。

どんな（ドンナ）『願い（ネガイ）』も叶う店（モカナウミセ）の店主としては、このようなとりとめのない話に、果たしてどのような食いつきを見せるのか、野次馬根性ではあるが、単純に興味があったので、四月一日は、じっと侑子を見つめ、返事を期待する。

「……あっそう」

侑子は——煙管をそっと、脇に置く。

「四月一日が芹沢鴨のファンだったなんて、意外よね」

「もっともどうでもいい部分に食いついたかっ！」

「ちなみにあたしは総司のファンよ。三段突き、本当はどんな技だったんでしょうねえ。三連続での突きなんて物理的に不可能なんだから、実は総司が自分で流したはったりの風評だったりして。そんなおもしろな推測が立つところも含めて、あたしは総司派ね。そこへ行くと山南さんあたりは、格好良過ぎていただけないわ。男はちょっぴり見栄を張るくらいでないと駄目よ」

「……そうっすか」

沖田総司好きというのは女性にはよくあることだけれど、それにしてもえらく、ひねくれた理由である。そんな理由で沖田総司を推す意見など、聞いたことがない。

「欠点や短所に対して、『だからこそいいんじゃない』という感情を、人は『萌え』と呼ぶのよ。それが良点や長所に惹かれる『好き』という感情と違うところよね。『好き』は欠点や短所を、『嫌う』から。『好き嫌い』と『萌え』は対偶なのよ。で、四月一日は、鴨のどういうところに萌えたのかしら？」

「や、萌えとかじゃなくて、単純に芹沢鴨って、ほら、生き様が放蕩無頼で格好いいじゃないすか。だから好きなんですよ。水戸藩浪士、尽忠報国、芹沢鴨。まあ、性格的に、おれにないものを求めているってことなんでしょうけれど」

「ハン、嘘おっしゃい。言われたからって総司の向こうを張って見栄を張っちゃって。そんなにあたしにいいところを見せたいのかしら。本当は芹沢茜のファンだからの癖に」

「一体侑子さんはおれにどんな恨みがあってそのような根も葉もないデマゴギーをっ⁉ 芹沢茜は確かにいいキャラだけどそんな理由で芹沢鴨を好きになる奴なんていねえよ！」

「ちなみにあたしは一条さんのファンよ」

「や、わかりやすいけれども！ けれども！ 一条さんもまた、誰も認める素敵極まりないキャラクターですけれども！」

　けれども。

　だからと言って、万が一にも話が綿貫響のところにまで及ぶことがあってはどんないじられ方をされることになるのかわからないので、せめてそうなる前にと、四月一日は話の軌道を修正する。

「そうじゃなくて、侑子さん。だから、おれとしては、日陰さんという女子大生のお姉さんのところに、死んだはずの友達からメールが来続けているということについての、侑子さんの意見を聞きたいんですよ」

「お馬鹿ねえ、四月一日」

　侑子は穏やかな口調で、四月一日を諭す風に、ゆっくりと言う。

「この世に幽霊なんているわけがないじゃない(コノヨニユウレイナンテイルワケガナイジャナイ)」

「…………！」

　その場がちょっと盛り上がるからというだけで、今この人、全く考えなしに、絶対に言っちゃいけない台詞を言った……っ！

「ゆ、侑子さん……他の誰が言ってもいいっすけど、あなただけは、他ならぬあなただけはそんなことを……っ」

「別に冗談で言ったわけじゃないわ。あたしだって面白いことしか言わないわけじゃないのよ。『いる(イル)』と思っている人には『いる(イル)』し、『いない(イナイ)』と思っている人には『いない(イナイ)』。幽霊って、そういうもの(モノ)でしょう？　あやかしなんて元々、存在しない存在(ソンザイシナイソンザイ)なのだから」

　存在しているから視えるのか。

　視えるから存在しているのか。

　存在しないから視えるのか。

　視えるから存在しないのか。

　四月一日君尋にとって、四月一日君尋の両眼にとって、それは、たとえ『視えなく』なったとしても、それからも永遠に悩み続けなければならない、必要十分条件の、命題だった。そして侑子は、まさにそういうことを——言っているらしい。

「少なくとも、四月一日にとってそうであるのと同じように——あるいは四月一日にとってそうであるのとは違う形で——日陰宝石さんには、『幽霊(ユウレイ)』が『視える(ミエル)』というわけね」

「や、『視える』というか……『幽霊』から、メールが届くということなんですけれど」

「同じことよ(オナジコトヨ)」

侑子は断定的な口調で言う。

「そんなのは、全く(マッタク)同じこと(オナジコト)――何も一切変わらない。彼女にとってそうだと言うならば、それはそういうことなのよ。ある意味では――難儀よね」

「難儀？　や、まあ、難儀ではありますよね」

「そういう意味じゃないわ。わかってないわねえ、四月一日」

四月一日がどういう意味で言ったのか、確認することもなく決め付けるようにそう言って――脇に置いた煙管を、再び口に咥える。煙をふうっと吐き出して、身の回りに無意味なくらいアンニュイな雰囲気を漂わせて見せる侑子。そして、「でも、どうなのかしらね」と言った。

「死んだお友達からメールが来ると言うけれど――それは、さっきの話だと、当然、届くのは携帯電話から発信されたメールなのでしょう？」

「ええ、そう言ってました。繰り返しになりますけれど、確か、前に新機種が出たときに、揃えて買ったとかで――や、おれ、携帯電話とかよくわかんねえんすけど、まあ、そういうことらしいっすよ」

「だったら、死んだお友達じゃない第三者が、死んだお友達のものだというその携帯電話を使って、彼女にメールを送っているという推測は成り立たないの？　そういう悪戯(イタズラ)、嫌がらせ(イヤガラセ)。というか、普通に考えたら、そう思うのだけれど」

「や、それがですね――」

当然。

芹沢から話を聞いた段階で、四月一日もそう考えたのだが――

「死んだ友達……鹿阪さんの携帯電話って、どうも、事故に遭ったときに紛失したらしいんですって。プラットホームを、それこそ線路の枕木の裏まで調べても、いくら探しても、出てこないって」

「あっそう」

頷く侑子。

「紛失？　事故の際に壊れた、とかじゃなくって、紛失なのでしょう？　だったら、尚更ありそうな話じゃない。誰かが拾って、その携帯電話で、彼女にメールを送り続けている。少なくとも、そういう可能性」

「どんな理由で？　プラットホームで携帯電話を――ま

あ、そりゃ、現実的に考えたら、誰かが拾って持っていっちゃったってことになるんでしょうけれど、その人が日陰さんにメールを送り続ける理由なんてないじゃないすか」

「ええ、ないわね」

「それとも、たまたま、日陰さんに嫌がらせをしたいと思う誰かが、鹿阪さんの携帯電話を拾ったとか？　そんな偶然——」

「この世に偶然（グウゼン）なんてないわ」

侑子は肩を竦めて、そんな風に言う。

「あるのは必然（ヒッゼン）だけ」

「…………」

「もっともそれは、逆に言えば、起こらなかったことすらも、起こるべきでないことが起こらなかったという意味で、必然（ヒッゼン）の内（ウチ）ということになるのだけれど。しかし、さすがに現実的ではない、と」

「ええ。現実的では、ないですよね」

「あっそう。それなら、携帯電話は、あやかしによって消失したと考える方がまだ必然的だ——と」

「……ええ」

過剰に追い詰めるような喋り方をする侑子に、四月一日は少々気圧されながらも、しかし、そのまま言葉を続ける。

「それにですね——そういう現実的な解決は、この場合、どうしたって成り立たないんですよ、侑子さん。と言うのは、その、送られてくるメールの内容なんですけれど——」

メールの内容——毎日午前十一時六分に送られてくるという、その問題のメールの内容、である。芹沢は、問うまでもなく、四月一日にそれを教えてくれた。相談ごととは言え、それに幽霊からのメール、とは言え、他人のメールの内容を知ることに対して四月一日は少なからぬ抵抗を憶えたが、しかし——それは教えてもらったところで、全くどうしようもない内容だった。

「——こういう文章らしいんですよ」

四月一日は、正座を崩してそばの階段箪笥に手を伸ばし、その上に置かれた帳面と万年筆を取って、芹沢から聞かされた通りの内容を、そこに記した。

勇気るとはゼロ中いいんですか

あの↓また例
あの中だけ場所場所って挫折例中携帯例場所中らせて中
いいんですか

「送られてくるメールの本文は、毎日、毎回、おんなじなんですって。一文字違わず、この文章が――毎日毎回、送られてくるそうです」

「……あっそう」

侑子は、さも気だるげに、渡された帳面を数秒間眺めて――そしてすぐに、四月一日に、押し付けるようにして返した。そして四月一日が何かを言う前に、

「暗号ね」

と、言った。

その通り。

と言うより、暗号文でもなく、こんな、文章が文章を構成していない文章をメールで送ってくる人間がいたら、そんな人間とはメールをやり取りするべきではないだろう。

「なるほど。それがつまり、彼女が、メールの送り主を死んだお友達であると断ずることのできる理由というわけ――この暗号を解読できるのは、彼女と死んだお友達、だけなのね？」

「らしいですよ。二人だけの暗号だったそうです。当然、芹沢も、知らないって――文章自体は教えてもらったけれど、この文章にどういう意味があるのかっていうのは、教えてもらっていないって言ってました」

芹沢と日陰宝石の間を繋ぐ――四月一日はもう半分以上忘れてしまったが――弟だったり友達だったり先輩だったりも、暗号の解読法は、知らないということだ。知っているのは今もなお日陰宝石と鹿阪呼吸の二人だけ――いや、今となっては、日陰宝石一人だけというわけである。

「暗号でメールをやり取りねえ。あっそう。楽しいのかしら、そんなことをして」

「楽しいんじゃないですか？　二人で共通の秘密を抱え込んでるみたいで。暗号とは少し違いますけれど、女子中高生とか、顔文字とか絵文字とか使って、常人には理解できない絵面のメールを作成するじゃないですか。パターンは別でも、それと似たようなものでしょう」

「あっそう。まあ、わからなくもない話ね」

「おれも、最初芹沢から話を聞いたときは、侑子さんがさっき言ったみたいに、誰かの、第三者の悪戯じゃないのかって考えましたけれど――互いしか知らない暗号でメールが送られてくるってなると、なんだか……こう、背筋に寒いものを感じますよ」

「感じるの？」

「や、実際に感じるというわけではなく」

「あっそう。でも、四月一日――」

侑子はついっと、煙管の先で、四月一日が、胸の前で抱える形になっている帳面を、示す。

「言わせてもらえれば、解けなくもないわよ、その暗号」

「え？」

「そんなに難しい暗号じゃないもの――まあ、お友達同士の遊びだから、あまり複雑にしたら遊び自体が成立しないから、さしずめそんなところなのでしょうけれど。本格的に互い同士にしか解けないようにしたければ、こんな風に一見で暗号とわかるような破綻した文章にするのではなく、一見は普通の文章に見えるように構成するべきなのだけれど、そこは台詞のしりとりと同じよね、やり取り自体に意味があり、勝敗を賭けたゲームではない」

「侑子さんには解けるんですか？　この暗号」

「多分、ね。アイリスでしょう、これは」

「アイリス？」

「ええ。まあ、これに関しては当てずっぽうの推理なのだけれど、でも、まず間違いないでしょう」

本当だろうか。

四月一日には、試験勉強のための徹夜三日目の朝のノートに書かれた意味不明の文言としか映らないけれど……しかし確かに、所詮は友達同士のお遊びだ、第三者であっても、勘の鋭い者なら――侑子辺りならば、ピンと来るものがあるのかもしれない。

だったら。

「だったら、やっぱり侑子さんは、これは第三者の悪戯だっていう結論なんですか？　死んだ人間からメールなんて来るわけがないって――」

この世に幽霊なんているわけがないじゃない（コノヨニユウレイナンテイルワケガナイジャナイ）。

その言葉の通り。

「お馬鹿ね、四月一日。お馬鹿もこれ極まれりと言ったところだわ。四月一日、そもそもこの場合、暗号の難易度は関係ないでしょう——問題は、そういうルールの暗号を、お互いがお互いだけに使っていることを、知っている誰か（ダレカ）が、いたかどうか、よ」

「や……ん、えっと」

ああ、そうか、と頷く四月一日。

その通りだ、暗号文の難易度自体はどうでもいい。重要なのは、あくまでも日陰と鹿阪の関係である——仮にそのような第三者の存在を想定するならば、その二人の関係に、少なくとも、そういったルールに基づいたメールのやり取りがあることを、その第三者は知っていなくてはならないという理屈になる。

「そうですよね、まあ、確率的な話をするのなら、解読法は互いしか知らなくても、そういうメ、ー、ルをやり取りしていると、いう事実くらい、なら、知っている人がいてもおかしくはない——けれど、そうなると、その人が、たまたま鹿阪さんの事故現場の駅のプラットホームに居合わせたっていう、より高度な偶然が必要とされてくるわけなんですけれど——」

「高度な偶然ね。面白い言葉だわ」

侑子は四月一日の言い回しに、実際、可笑しそうに笑った。

「そうね——そんな可能性の低いたまたまを想定するくらいならば、その第三者の手によって、鹿阪さんは殺さ（コロサ）れた（レタ）と考える方が、まだ妥当よね」

「こ……殺されたって……っ」

いきなり、さらっと何てことを言い出すのだろう。四月一日は抱えていた帳面を落としかけた——いや、帳面くらい、落としたところで特に問題はないのだけれど、慌てた動作で反射的に、四月一日はそれを、抱え直す。

そんな、ある種滑稽な四月一日の反応を、侑子は更に、可笑しそうに笑う。

「そんなわかりやすく驚くほどに不思議でもないでしょう。四月一日も芹沢くんに言ったじゃない、電車は凶器だって。凶器があるなら、それを犯罪に使う人間がいてもおかしくはないわ。簡単なことよ、プラットホームで待つ人がいて、その背中をちょいと突っつけば、接触事故なんて簡単に起こる」

「それじゃあ——」

殺人事件じゃないか。

幽霊だとか、幽霊からのメールだとか、そんなことを言っている場合ではない――よっぽど現実的な問題だ。

「で、でも、芹沢の話だと、鹿阪呼吸の死に、事件性は全くないって――あくまで、ただの事故だって――」

「あっそう。まあ、たとえ事故が事件だったとしても、その第三者――否、容疑者が、一体何のために、お友達の携帯電話を使って、彼女にメールを送り続けているのか、それもお友達を装って暗号のメールを送り続けているのかという説明にはなっていないのだけれどね――そこまでいけば、悪戯や嫌がらせというだけじゃ、理由としてはいまいちかもしれないわ。ところで四月一日」

「なんすか」

「説明が一つ足りないわね――どうして、芹沢くんは、そんな人死にまで絡んだ相談ごとを、四月一日のところに持ってきたのかしら？　芹沢くんは四月一日の『視る眼』のことも知らなければ――勿論、この『店（ミセ）』のことも知らないんでしょう？　それなのに、おかしいじゃない、四月一日にそんな、オカルト絡みの話を持ってくるだなんて」

「………………」

侑子さんのこの訊き方は、明確な確信をもって、つまりわかっていて訊いてるな……と、四月一日にもそれくらいは察せられるが、しかし、だからと言って、訊かれてしまえば答えないわけにはいかなくなる。

「つまり――『とりあえず』ですよ」

「はい？　もっとはっきりと、もっと大きな声で」

「だ・か・ら！　芹沢としては、とりあえずおれにこの話をして、それからおれに、この話を、誰々に伝えてくれという話だったんですよ！」

「誰々とは」

「百個目がありそうな名前の奴っすよ！」

ああ、と手を打つ壱原侑子。

業腹なくらいわざとらしい仕草だった。

「百目鬼（ドウメキ）くんね」

「野郎の名前をおれの前で出さないでください！」

「そうかそうか、それなら納得だわ。百目鬼くんは安国寺ばりの由緒あるお寺の跡取り息子だし、それにおじいさんが――」

「ええ！　あいつは漬物石の孫ですからね！」

「百目鬼くんはそんな孫悟空みたいな出自は持っていなかったと思うけれど」

百目鬼静。

簡単に説明すると、四月一日君尋の天敵である。あやかしを視ることはできないが、しかし、それでいて、無意識の内にあやかしを祓うことができるという、四月一日のような立場からすれば嫉妬と羨望の的になるような奇妙な体質の持ち主だ。いらないものを持っておらず、欲しいものを持っている。なんでも、憑き物落としを生業としていた祖父からの隔世遺伝だとかで――

「芹沢の奴、何を勘違いしたんだか、おれと百目鬼のことを友達同士だと思ってて、だからおれにこの話を持ってきたっていうんですよ――取り次いで欲しいとかなんとか、馬鹿げたことを言ってまして。全く、おれとしちゃあ、ふざけんじゃねえって話でして」

要するに、芹沢施工がアテにしていたのは、四月一日君尋というクラスメイトではなく、百目鬼静というよそのクラスの委員長だったということだったのである。それを知った瞬間、四月一日は底知れぬ後悔に見舞われたのだが、しかしさすがに、時既に遅かった。

「話でして」

侑子は四月一日の語尾を、それこそしりとりのように復唱した。

「話でしたから、それで、それをあたしに、話したというわけ――あっそう」

「や、まあ、訊いたのは侑子さんですけれどね」

「言いたげにしてたから、わざわざ気を使って訊いてあげたのよ」

「…………」

まあ。

その恩着せがましい物言いはともかくとして、実際その通りだったのだろう、ぐうの音も出ない。おいしい夕食を食べさせて、機嫌がよくなった隙に切り出そうと思っていたのは、やっぱり、ごまかしようのない事実なのだった。

腹芸で侑子を出し抜こうというのがそもそも無茶か。

「そうよねえ、四月一日の性格的に、百目鬼くんのところにその話を持っていくなんてできないわよね――かと言って、四月一日の性格的に、だったら知らない、そんな女子大生のお姉さんがどうなろうと知ったことかと投げ出すこともできないわよね。それで、四月一日的な折衝案が、このあたしというわけ。あっそう」

「そういう言い方をされると、おれがすげえ姑息で矮小なキャラクターみたいなんすけど――」

「あっそう。そうね。まあ、どう言ったところで、鴨のキャラクターには程遠い有様だわ。確かに四月一日は、彼の豪胆なキャラクターを見習った方がよいのかもしれないわね。足りないもの（モノ）を、埋めるために」

そして侑子はすいっと、四月一日に右手を伸ばしてきた。最初は握手を求められているのかと思ったが、どうも違うらしい。考えて、どうやら抱えている帳面を渡すように求められているのだということに気付き、四月一日は、ものを差し出した。

「万年筆も」

「はい」

ペン先を自分の方に向けてから、差し出す。

受け取って、侑子はさらさらと、流暢な手つきでその一ページ目に何かを記す……つまらなそうな目つきで、まるで小学生が夏休みの宿題で、同じ漢字ばかりを百字帳に書き並べているかのような手つきで。

「勿論、四月一日からもらう対価は、いつも通りバイト代から引くとして――その日陰宝石さんからは、どんな対価を貰うことにしようかしらね……幽霊祓いは、高くつくわよ。人死にが絡んでいるとなれば、より尚更ね」

と。

独り言のように言いながら。

「……や、侑子さんの独り言に口を挟む気はありませんが、またおれの知らないところで、なんだか当たり前のようにおれのバイト代が差っぴかれたような気がするんですが……」

「気のせいじゃない？」

「なんだ、気のせいでしたか」

はい、と、再び、侑子は四月一日に帳面を返す。

四月一日が書いた、芹沢から聞いた暗号文のすぐ下に――侑子の達筆で、短い文章が書かれていた。それはどうやら、日陰に届くメールの暗号文を、解読した文章であるらしい。

こうあった。

ゆるせない
あやまれ

あなたはばっされなければならない

「…………」

「それじゃあ四月一日。彼女と、彼女とお友達が待ち合わせをしたという公園で、待ち合わせをした時間にお会いして——そしてこう訊いて御覧なさい。メールのことはともかくとして、『鹿阪さんの死後、鹿阪さんから電話がかかってくることはありますか』——ってね」

○　○

許せない、その通りだ。

謝れと言われれば謝る、それが許されるなら。

罰せられるものなら、いくらでも罰して欲しい。

最近、わたしは呼吸ちゃんの夢ばかり見る。

わたしは今や、寝ても醒めても——けれど、こんなことにどんな意味があるのだろうとも、わたしは切実に思う。意味を求める方が最初からどうかしているのかもしれない。そうせずにはいられないというだけ。突き詰めてしまえば人間の行動原理なんて、どれも衝動や欲求のようなものなのだろうから。

それは死んでいようと。

生きていようと同じこと。

わたしは本当に、自分の友達であるはずの呼吸ちゃんのことを理解できていたのだろうか。わたしにはわたしのことさえもわからないのに——

思う。

呼吸ちゃんは、わたしに何を望むだろう。

呼吸ちゃんは、わたしに何を願うだろう。

わたしは、今や、何一つとして、願うことを許されないけれど——呼吸ちゃんは、何を願うだろう、このわたしに。

わたしは公園に到着した。

午前十一時。

あの日、わたしが呼吸ちゃんと待ち合わせをした公園だった——先月のあの日も、ここで呼吸ちゃんと会って、ショッピングに行く予定だったのだ——それは、実現しなかった約束。もう二度と実現することのない、わたしと呼吸ちゃんとの約束――

　公園の中心にある、お洒落な噴水を望める位置の、動物の形をあしらった腰掛けに――この辺りでよく見るデザインの制服を着た、眼鏡の高校生が座っていた。眼鏡の高校生。どうひねくりまわしたところで『眼鏡の』くらいしか形容のしようがない、ごくありきたりな、たとえば道ですれ違ったところで、数秒で意識から忘却してしまいそうな、どうまかり間違ってもポジティヴな感情もネガティヴな感情も抱けそうにないほどにありきたりな、これと言って何の特徴のない、平々凡々な容姿の、眼鏡の高校生だった。人生を一つのドラマにたとえるなら、かませ犬か引き立て役くらいしかアクトが回ってきそうにないくらいに、その輪郭がぼやけている。特技はラジオ体操第二をそらで踊れることだと真面目に言い出しそうなほど、キャラが薄く見える。全身という全身の中で、自己主張している箇所が、本当に眼鏡しかない。

　ただし、それでも敢えて言うなら。

　その眼鏡が――やけに眼につく。

　いや、眼鏡じゃないのだろうか。

眼鏡はただの、レンズでしかない。

なら――その奥の瞳（ヒトミ）。

けれど、瞳にしたって、所詮は、光を受容するだけの、レンズに過ぎないはずなのに――

　上着のポケットの中の携帯電話を、右手で、まるで呼吸ちゃんの手を握っているかのように、ぎゅっと握り締めて、わたしは周囲を見渡す――しかし、他にめぼしい人影はない。となると、どうやら彼が、わたしの呼び出し人である、四月一日君尋くんで、間違いないようだった。確か――芹沢施工くんという、わたしの遠い知り合いの、クラスメイト……

　君尋くんの方もわたしに気付いたようで、読んでいた本……いや、帳面から顔を起こして、座ったまま、軽く、わたしに向かって会釈する。当たり前だが、向こうもわたしの外見は知らないようで、ややおっかなびっくりな感じの、臆病な印象の会釈だった。わたしはそんな君尋くんを安心させる意味でも、すぐに彼に対して、会釈を返した。そして小走りで腰掛けに近付いていって、「日陰宝石です」と、自分の名前を名乗ってから、君尋くんが座っている腰掛けの、隣の腰掛けに座った。君尋くんが象で、わたしは麒麟。君尋くんも、「四月一日君尋です」と言った。

「どうもすみません」

いきなり謝られる。

なんだか人に頭を下げるのが似合う子だと、わたしは思った。謝ってばかりの人生を送っているのかもしれない。わたしも他人に謝ることが多いので、君尋くんのことは言えないけれど。

「いえ——こちらこそ、その、どうもです」

と、互いの自己紹介が終わったところで、いざ、どう言っていいのかわからず、わたしはとりあえず、そんな曖昧模糊とした態度を取ってしまう。わたしのこういう態度は、よく呼吸ちゃんを苛々させたものだったけれど。

それにしても、この君尋くん、わたしとの待ち合わせは十一時だったのに、雰囲気、その佇まいからすると、結構早くからこの腰掛けに座っていた気配だ。パンクチュアルであるというよりは、単純に几帳面な性格なのだろう。服装や仕草などからも、そういう性格が滲み出ているように思う。

呼吸ちゃんとはだいぶん、違うようだ。

当然だけれど。

どちらかといえば、やっぱりわたしに近い。

わたしと似ている。

「えっと、あのですね——日陰さん。おれ、大体の事情は、もう芹沢の奴から聞いてはいるんですけれど——」

「あ、あの」

気まずい、それでいてお互いの腹の内を探るような居心地の悪い沈黙の末、君尋くんの方から切り出してきたけれど、わたしはそれにかぶせるように、声を出してしまった。このタイミングの悪さ、とても、わたしらしい。ある意味、何よりも雄弁な自己紹介だった。君尋くんの出鼻を挫く形になってしまったが、かと言って今更止めることもできず、わたしはそのまま続ける。

「芹沢くんからどういう風に話を聞いたかわからないですけれど……わたしは、別に、このままでもいいと、思ってるんです」

「……このままでも？」

「ええ」

わたしの言葉に、君尋くんは微妙な反応を示す。それほど露骨ではないものの、しかし明らかに怪訝そうな視線で、わたしのことを見る。

わたしはおかしいと思われたのだろうか。

わたしは変だと思われたのだろうか。

けれど、それが、わたしの正直な気持ち。

「君尋くんは、お寺の息子さんなんですよね？」

「……えーっと」

なぜかわたしから眼を逸らす君尋くん。

「まあ、中略すれば、そんな感じでして——それはともかく、芹沢から聞いた話だと、日陰さん、あなたのお亡くなりになった友達から、毎日、メールが届くって話で——」

「ええ……でも、いいんです」

わたしは言った。

「ねえ、君尋くん——幽霊って、そんなに悪いものだと思う？　幽霊っていうか……そういう、オカルト絡みの、なんていうのかしら——」

「……あやかし、ですか」

「そう、あやかし」

何故か神妙な顔つきで君尋くんが言った、その的を射た言葉に、わたしは頷いてみせる。

「あやかしって、そんな悪いものだと思う？」

「……いいか、悪いかで言えば……そりゃ、どっちかって言えば、普通は悪いんじゃないですか？　だって、人の害になるんだから……」

「人の害になるって、悪いこと？」

ポケットの中で、握り締めたままの携帯電話を、そのまま更に強く握り締め——わたしは言う。

「地震は悪いことなんでしょうか。津波や洪水は悪いことなんでしょうか。それは、起こるべくして起こっていることであって、なるようになっているだけであって、どれだけ人間に害を及ぼそうとも——悪いことじゃないと思うんです」

「でも——」

君尋くんは、納得いかないように、わたしの言葉に対して、反論してくる。

「言ってることは、そりゃ理屈としてはわかりますけれど、でも日陰さん、そういう自然現象と、あやかしは、違うでしょう？」

「どうして？」

「どうしてって」

「だって――わたしの友達なんですよ」

あやかしがいいものだとはわたしも言わない。

幽霊がいいものだとはわたしも言わない。

けれど――

それは、わたしの大事な、友達の幽霊なのだ。

「君尋くん……考えてみてもくださいよ。もしもきみの大事な人が、家族でも友達でも恋人でも、誰でもいいんですけれど、もしもきみの大事な人が、不幸な事故で死んでしまって――そのとき、君尋くんは思わないのでしょうか？　幽霊でもいいから、人でなくてもいいから――何でもいいからもう一度、自分の前に現れてくれないかって」

「……………」

わたしの剣幕に、君尋くんは黙った。

わたしの言っていることが、少しでも通じたのか――それとも、頭がおかしい女だと思われてしまったのか、それは、わたしにはわからない。

どちらでもいいとわたしは思う。

どちらだろうと、変わらない。

わたしは変わらない。

「だから――憑き物落としっていうんですか？　そういうことをされると、むしろ……わたしは、困るんです。だって今となってしまっては、もう――」

ポケットの中の携帯電話を、強く、強く、強く。

強く握る、わたし。

「わたしと、呼吸ちゃんとの繋がり（ツナガリ）は――この携帯電話、だけなんですから」

わたしは失いたくないんです。

これ以上、何も。

わたしはそう言った。君尋くんにそれを言うだけのために――わたしは今日、君尋くんの呼び出しに応じて、この公園に来たのだから。呼吸ちゃんが死んで以来、決して、近寄りたくもなかった、この、待ち合わせの公園に。憑き物落としを受けるためではなく――断るために。そんなものを受けたら、全て台無しになってしまうのだから。そっと、君尋くんに察せられないように眼を落として、左手の腕時計を見る――十一時二分。

あと四分。

「変でしょうか――でも、わたしには、そんな風には割り切れません。死んだらそれで終わりだなんて、わたしにはとても思えない……死んだって、幽霊になったって、わたしにとって、呼吸ちゃんは呼吸ちゃんです。大学入試のときに、席が近くで……わたしが、呼吸ちゃんの持っていた参考書を、頼んで見せてもらって――」

　わたしは、君尋くんに、わたしと呼吸ちゃんとの出会いを喋る。きっと、つまらない、退屈極まりない話だろう。他人の思い出話なんて、聞いていて楽しいはずがない。でも、それは、わたしにとっては、かけがえのない宝物だ。何気ない日々のひとこまひとこまが、わたしの、大切な記憶だ。

　わたしの思い出だ。

　それが、全て、呼吸ちゃんの死によってリセットされてしまうなんて――そんなこと、わたしには認められない。

　呼吸ちゃんが死んだのは。

　わたしのせいなのに。

　わたしが悪いのに。

　そうだ――あやかしが悪いんじゃない。

　わたしが悪いのだ（ワタシガワルイノダ）。

「や、まあ、それ自体は、おれも、その通りだと――思わないまでも、理解はできますけれど、でも……日陰さん。送られてくるそのメールの内容が……まともじゃないじゃないですか」

「まともじゃない？　まともじゃないって……ああ、違うんです――芹沢くんから聞いていないんですか？　あれは、わたしと呼吸ちゃんとの間だけの、その、ちょっとしたお遊びで、暗号文なんですよ」

「や、そうじゃなくて――その暗号文の内容、です」

　君尋くんはわたしにそう言った。

　わたしは素直に驚く――一瞬、言っているその意味がわからなかったけれど、その物言いからすると、君尋くんは、あの暗号文を、解いてしまっているようだった。そんな簡単に解けるはずがないのに、そう思ったから、呼吸ちゃんのことを人に話すときも、その内容を隠すことなく、わたしは詳らかにしていたのに――なんということだろう。さすがは憑き物落としの家系だ。いや、それとも、同窓に探偵の友達でもいるのかもしれない。

　いや、待て。

　まだ正解を導き出せたとは限らない。

「君尋くん……あの暗号文の解き方、わかるんですか」

「や、別におれが解いたわけじゃないんですけれど――」

やっぱりそうだった。君尋くんにそれだけの器量があるようにはわたしには見えない。眼鏡をかければ誰もが頭脳派に見えるかと思えば大間違いである。わたしの見たところ、多分君尋くんは、『青天の霹靂』の『霹靂』を漢字で書くことができるけれど、『霹靂』の意味は知らないというような人間のはずだ。

「知り合いに、趣味は意地悪仕事は苛めみたいな人がいまして、その人が、解いたんですよね。解き方までは教えてくれなかったんですけれど、答を示してくれましたから、それで考えてみまして――まあ、仮定と解答が用意されてれば、証明問題なんて、学校の授業とおんなじですからね。あ、でも、一応、答え合わせ、させてもらっていいですか？　日陰さん。携帯電話、見せてください」

言われるままに、わたしは左手で、君尋くんが差し出した左手の上に、自分の携帯電話を落とす。他人に携帯電話を触られることに、わたしは積極的になれるタイプの人間ではなかったけれど、しかしこの場合は仕方ないだろう。

「ああ……うん、ａｕのＡ５５１４ＳＡ。芹沢に聞いた通りですね。それで、鹿阪さんと、一緒に、おそろいで購入したということですから――事故の際に紛失したという携帯電話も、これと同じものということになりますよね？」

首肯するわたし。

君尋くんは、

「やっぱり、だから、それで侑子さんは、わざわざ改まって、おそろいであることを確認してたんだな――」

と、ひとりごちた。

侑子さん？

それが、趣味が意地悪で仕事が苛めだという、知り合いの名前なのだろうか――どんな人なのだろうかと、わたしは興味を惹かれる。なんだか、無性に気になってしまう――不思議だ、どうしてなのだろう。

「要するにこれって、携帯電話の文章入力のときに起動する、文章予測機能を利用した暗号なんでしょう？」

「……その通りです」

再び、首肯するわたし。

見抜かれてしまうと、それに言葉に出されてしまうと、それが非常に子供じみた真似だったと、わたしは恥ずかしくなってしまう。呼吸ちゃんとの秘密の遊びが露見してしまったようで、それもまた、とても恥ずかしい。

「『杜若(アイリス)』――『かきつばた』なんですよね、根本的な仕組みは――」

君尋くんは言う。

「文章予測機能――要するにワープロソフトの補助機能なんですけれど、百以上のボタンを有するキーボードで文字を入力することができるパソコンよりも、『0』から『9』、それに『#』と『*』の十二個のボタンだけで文章を打たなければならない携帯電話においてこそ、有用なソフトでしょうね。一つのボタンに五音、アルファベットを含めれば十音近くの文字を含む、キータッチのその煩わしい手間を省くために、結構前から、携帯電話メーカーが取り入れている機能ですけれど……。今や結構な数の機種にこのソフトはインストールされています。勿論、この、auのA5514SAも、その機能が入った機種ですよね。で、必要ないとは思いますが、その機能を簡単に説明させてもらいますと、たとえば『あ』と打てば、ディスプレイの下半分に、『あ』から始まる言葉の候補が表示されるという仕組みなんです――『あの』とか『あれ』とか『愛している』とか『歩き方』とか。で、そこでそれらの候補を選択せずに、『あい』まで続けて打てば、表示される候補が絞られ、『愛している』が最初に表示されるということになります。同様に『か』なら、『か』が頭に来る言葉が――」

答え合わせというよりは、わたしに向けておさらいをするように、不器用な感じの、慣れないというよりは拙い口調で、わたしと呼吸ちゃんとの間に交わされた暗号の、絵解きをする君尋くん。まあ、口調のことはともかく、そこまで聞けば、今更わたしが何を言うまでもない、全く問題なく、正答だった。

「この手の機能は、持ち主にとってもっとも使いやすいツールとなるために、学習能力を備えています。つまり、使用頻度の高い言葉……具体的には、『あ』なら、前回使用された『あ』から始まる言葉を、最優先に表示するということです。直前に『あの』と打っていれば『あの』を最初に表示する、直前に『あれ』と打っていれば『あれ』を最初に表示する、といった具合に。で――枕はこれくらいにして、肝心の暗号の解き方ですけれど、しかし、ここまで説明してしまえば、わかりやすいですよね。つまり、文章予測機能でディスプレイに表示された一番最初の言葉を選択することによって、文章を構成するというルールなんです。『こんにちは』という言葉を伝えたければ、『こ』、『ん』、『に』、『ち』、『は』、と、それぞれ、一文字ずつ、予測された最初の言葉を選ぶ——もっとも、この手法じゃあ大抵の場合、都合よく文章が構成されたりはしないんですけれども。文章が文章を構成しない文章が、構成されることになる。一番最初の言葉を選ぶんじゃなく、予測された言葉の候補を適当に取捨選択して選べば、文章っぽくもできるはずですが、それをやると暗号だとわかりづらくなるからこその、ルール……一目で暗号だとわからなければ、意味がない」

君尋くんは、わたしの許可を得てから、わたしが渡したその携帯電話のメモ帳の画面で、言った通りのことを実践する——『こんにちは』。画面には『こんなんで二台地球パソコン』と表示された——確かに文章になっていない。しかし、わたしには、その意味がすぐにわかる……何せ、どの言葉も、つい最近、わたしが携帯電話で使用した言葉ばかりなのだから。

『こんな』『んで』『二台』『地球』『パソコン』。

『こ』『ん』『に』『ち』『は』。

「濁音や半濁音はイキのルールになるわけですよね——侑子さんのしりとりのルールよりは、ゆるくていいな。しかし、それらの言葉が先に出ると、それ以降の予測にも違いが出るわけだ……」

と、君尋くん。

どうやら、『は』で『パソコン』となったあたりのことで、言っているらしい。確かに、メールの本文で、『は』、『ぱ』、『は』の順番で言葉が出てくると、一つ目の『は』と二つ目の『は』で、表示される言葉が変わってしまうケースが多い。意外と、細かいところに気がつく子だ。

「でも、別におべんちゃらを言うつもりはありませんけれど、これって面白い暗号ですよね。暗号として優れてるってことじゃありませんけれど、遊びとしては面白い。だって、ほら、乱数表を使った暗号は、第三者には絶対に解けないものになりますけれど、仕組みとしてはそれに近いじゃないですか。これ、相手の、携帯電話における、『入力』、それに『変換』の癖を知っていなければ、解けないいんですから――発想は同じでも、しかし『杜若』のようにはいかない。たとえば、『人間関係』という言葉を入力するときに、『人間関係』と一度に入力するか、それとも、『人間』と『関係』を別々に入力するかで、暗号の構成も変わってきますから……要するに『か』を打ったとき、『関係』が最初に出てくるかどうかってことなんですが、その他にも、接続詞なんかの平仮名の部分をどこで区切るかが、更に容赦なく暗号文の難易度を上げる――それに、これって、暗号の内容以外にも、伝わるものが、ありますよね？」

君尋くんのその口調は、わたしに解答を求めているようだったので、わたしは、「その通りです」と言った。

「この暗号文――たとえば、その『こんにちは』ですけれど、その文章をメールで受け取れば、わたしが最近、誰かに『地球』や『パソコン』のことについてのメールを送ったということがわかるでしょう？　勿論、こんなんじゃ、生活の断片しか伝わりませんけれど――でも、その生活の断片が伝わるだけでも、なんだか、ほっとするじゃないですか」

その人が生きていることがわかって。と。

これはわたしの言葉じゃない。

呼吸ちゃんの言葉だ。

「わたしの知らないところでも、大事な友達が生きていることがわかる――呼吸ちゃんは、そう言っていました。そうなんです。文章予測機能で、一番最初に表示される言葉を選ぶというルールは、君尋くんがさっき言った通り、『暗号らしさ』を演出するためという他にも、そういう意味があるんです。おわかりだとは思いますけれど……。『こんにちは』というその、それだけの言葉に、大袈裟に言えば、わたしの人生が滲んでいる……わたしが呼吸ちゃんにメールを送れば、わたしが生きていることが、呼吸ちゃんに伝わっていたんです」

「……まあ、その仕組みさえ読めれば」

君尋くんは、わたしの携帯電話をメモ帳の画面から待ち受け画面に戻して――その、一種そっけない態度からすると、わたしの言葉を聞いて、他人のプライバシーを覗き見しているかのような背徳感にかられたのかもしれない――さっき、わたしが来るまで読んでいた帳面を、再度開く。

「送られてくるメールの内容も、読むことができるわけです――読み解くことができるわけです。それが可能な者には、当てずっぽうの推理で、という限定条件はつきますけれど」

そこには、暗号文。

毎日、十一時六分にわたしに届く、あのメールの本文――

勇気るとはゼロ中いいんですか
あの↓また例
あの中だけ場所場所って挫折例中携帯例場所中らせて中いいんですか

「さっき言った通り、お互いのことをわかってないと解きづらい暗号ではあるんですけれど、これくらい短い文章であれば、それに大体のアテをつけて、それこそ証明問題のように取り掛かれば、答の推測は立ちますよね――一行目は『勇気』・『るとは』・『ゼロ』・『中』・『いいんですか』、二行目は『あの』・『↓』・『また』・『例』、ちなみに『↓』は、『やじるし』の変換ですよね、で、三行目は『あの』・『中』・『だけ』・『場所』・『場所』・『って』・『挫折』・『例』・『中』・『携帯』・『例』・『場所』・『中』・『らせて』・『中』『いいんですか』と分解すると――こうなるわけです」

君尋くんは、指し示していた暗号文から、帳面にして五行分、指をずらして――その下に書かれている、三行の文章を、クローズアップする。

解答文。

ゆるせない
あやまれ
あなたはばっされなければならない

「……でも、きみの知り合いという人も、大したものですね……わたしの方こそ、おべんちゃらで言うわけではありませんけれど。君尋くんは、答がわかっていて、そこから証明問題のように解いたわけですけれど……その人は、まるで情報がない状態から、この暗号文を解いてしまったということでしょう？　わたしのことも、呼吸ちゃんのことも、よく知らないのに――」

「まあ、どうも、文中に『例』や『中』、『あの』や『場所』や『いいんですか』とか、同じ言葉が何度も出てきているところをフックにして考えたとか何とか言ってましたけど――どうなんだか。達観した世捨て人みたいな立ち振る舞いをしてる癖に、随分とネットにはご執心の模様だし。でも、店じゃ黒電話使ってる癖に、しっかりと携帯電話の文章予測機能を知ってるっていうのは、どう考えてもおかしいんですよねえ。機械に強いんだか弱いんだか、わけわかんないですよ。関係ありませんけど、そういえば黒電話ってなんだか悪そうな言葉ですよね。まあ、校則の関係で、おれも別に携帯電話に明るいわけじゃないんですけど……奇怪に強いのは確かなんですが。あの人、アカシックレコードにアクセスするのが生き甲斐みたいな人ですから――」

　趣味が意地悪で仕事が苛めで、生き甲斐はアカシックレコードへのアクセスなのか……やはり興味は尽きないけれど、それでも絶対に会いたくはないと、わたしは思った。

　まあ。

　会うこともないのだろうけれど。

　何故か――わたしは強く、そう確信できた。

　その人にわたしは、会うことはない。

　わたしは腕時計を見る。

　十一時五分。

　あと一分……いや、あと数十秒。

「……って、まあ、下手な推理小説でもあるまいし、こんな絵解き自体には、あんまり意味はないんですけれど……これがこれで正解だっていうなら、日陰さん、尚更ですよ。あやかしに、いいものと悪いものがあるとするなら、これは明らかに――悪いものです」

「どうして？」

「ど、どうしてって……だって」

「だって、わたしのせいだもの」

　わたしは――今まで、先月から散々、自分自身に向けて繰り返してきたその言葉を――君尋くんに向けた。それはまるで、ト書き裏書きのように、わたしの精神に刻まれている言葉。

　自責の言葉。

自虐の言葉。

「わたしが悪かったんです——わたしのせいで呼吸ちゃんは死んだんです。わたしは、自分の友達を、殺してしまった。だから仕方がないんです。呼吸ちゃんが、わたしを恨むのはしょうがないことなんです。許せない、謝れ、貴方は罰されなければならない——その通りなんです」

「わたしは罰されなければならない」

「……や、でも——鹿阪さんのことは、突発的な、電車の事故だったんでしょう？　事件性なんてないって話じゃないですか。日陰さん、あなたに責任なんて——」

「法律的にはそうかもしれません。でも、そんなこと関係ありません。友達だったんですよ？　友達のことだったんです——わたしの振る舞い一つで、防げたはずの事故だったんですよ。もしもわたしが、普段からあんなに、呼吸ちゃんにうるさく、時間を守るように言っていなければ……呼吸ちゃんは死なずに済んだかもしれないんです。それに、わたしが呼吸ちゃんの家まで行っていれば——」

「……日陰さん」

君尋くんは——とても悲しそうな眼をする。

眼鏡の奥の、二つの瞳。

その眼に宿るのは、同情だろうか。

誰に同情しているのだろう——わたし？

だったら、申し訳ないけれど、そんなのは願い下げだ——わたしは何も、同情を誘いたくてこんな話をしているわけじゃない。同情なんて真っ平御免だ、冗談じゃない、わたしに、そんなことが、許されるわけがない。心から懺悔するとき、人は神様に救いなど求めないはずだ——そんな嫌らしい計算をしようというほど、わたしは落ちていない。

わたしじゃなくて。

同情するなら、呼吸ちゃんにしてあげて。

わたしみたいな友達を持ってしまった、そのために命まで落としてしまった、可哀想な可哀想な、わたしの呼吸ちゃんに——

「君尋くん——わたしは、いいと思ってるんです。もしも、呼吸ちゃんが、何ていうのかな、幽霊になって……

あやかしになって、わたしのことを、害そうとしていたとしても……つまり、呼吸ちゃんが悪いあやかしだったとしても――それは仕方ないと思えるんです。わたしは、そうだとしても、呼吸ちゃんのことを許せます。だって、呼吸ちゃんには、わたしのことを恨む権利があると思いますから――もしもこのまま、呼吸ちゃんに取り殺されたとしても、それでいいんです」

「殺されてもいいって――」

「本当は、自分で死ぬべきなのかもしれません」

それでも。

わたしには死ぬ勇気がない、わたしは呼吸ちゃんの後を追うことができない。なんという腑抜けなのだろう。自分自身が、情けないことこの上ない……。

十一時六分になった。

これから一分以内に、今、君尋くんが持っているわたしの携帯電話に、メールが届くことになる――一日の中で一番長い六十秒だ。

「だから、君尋くん。きみが親切で、わたしをここに呼び出してくれたことには、とても感謝していますけれど――でも、ごめんなさい。わたしには、憑き物落としなんて必要ありません。わたしは、このままでいいんです。わたしは、現状を、満喫しているんです。その携帯電話に届くメールだけが、呼吸ちゃんとわたしとが、繋がっている証なんですから。そのメールが届くことによって、わたしにとって、呼吸ちゃんが生きているってわかって――」

「あ、や――」

君尋くんは言葉に詰まったようだった。今度ははっきりとわかる――その眼に宿るのは、同情じゃなくて、動揺の感情。わたしという人間にほとほと呆れ果てたのかもしれない。

構わない。

わたしはポケットの中で、右手を握り締める。

その瞬間。

きゅおんきゅおん、と、携帯電話に着信音。

君尋くんの手の中で、わたしの携帯電話が、ぴかぴかと人工的な光を宿す――そのディスプレイに表示される、『新着メールが届きました』の表示。そして、鹿阪呼吸という名前――

「あの――日陰さん」

しかし。

君尋くんは、その携帯電話のことを、完全に無視するかのような振る舞いで、わたしの方を向いて――そしてわたしに訊いた。

「メールのことはともかくとして……鹿阪さんの死後、鹿阪さんから電話がかかってくることはありますか――」

そう言われた瞬間。

わたしは、ポ、ケ、ッ、ト、の、中、の、携、帯、電、話、を――取り落とした。

○　○

壱原侑子の経営する、看板もなければ名前もない、どんな『願い』も叶う店に、噴水のある公園から四月一日君尋が帰ってきたとき、侑子は昨日と同じくソファの上でテンガロンハットをかぶって、ホコリ避けのシーツの如く横たわっていたが、昨日はうつ伏せの姿勢だったのにもかかわらず、今日は何と仰向けの姿勢であるという、大いなる違いがあったので、四月一日は度肝を抜かれた。

いや。

そんなことで、度肝は抜かれないが。

ただし――理由は訊かなければならない。

「ん？　そりゃ、四月一日、ずっと同じ姿勢で寝転んでいたら床ずれを起こすことになるからに決まっているじゃないの。あたしが美容と健康に気を使っているということの証明よ」

「や……その、うつ伏せと仰向けの違いの理由ではなくてですね」

しかもそんな普通の理由ではなくて、だ。

四月一日は卓上に、この部屋から持って行った帳面と、そして、一時間ほど前の十一時六分に、公園の腰掛けにおいて日陰宝石が、上着のポケットから取り落とした携帯電話とを――揃えて、置いた。

侑子は置かれた、その携帯電話を横目で見る。

「間違えてないでしょうね？」

「は？　どういうことすか？」

「二台の携帯電話の内、これは彼女のもの(モノ)じゃない方でしょうね——という意味よ。同じ機種、同じ形だからと言って、間違えていないでしょうねという意味。四月一日ってば、うっかりさんだから、そんなへっぽこミスを犯していないとは限らないじゃない。念のための、確認作業」

「ああ……そりゃ、まあ、色まで同じですからね」

その場にいなかった者からすれば、取り違えの可能性を考えるのは当然だが、侑子にあらかじめ言われていた通り、彼女の持つ携帯電話の方は、暗号文の絵解きなどという、全く無用の口実をつけて四月一日が手にしていた——ゆえに区別は明確だ。とはいえ、四月一日にしてみれば勿論、やっている最中は、意図の全くわからない、侑子に言われるがままの行動だったのだが……、とにかく、四月一日がたとえどれほどのうっかりさんだったとしても、どちらがどちらかを、間違えて持ってきたということはないだろう。

「しかし、彼女のもの(モノ)と言うならば、どちらも彼女のもの(モノ)なんでしょうけれどね——どちらも、彼女が持っていたことに、変わりはないんですから」

「いいえ(イィエ)」

侑子は仰向けのまま、首を振る。

……両方、尊大さという点においては似通っていると見えるが、しかし、うつ伏せの姿勢ならばともかく、仰向けに寝転がった相手と会話をすることには通常の三倍以上の忍耐力が必要とされることを、四月一日はこのとき、知った。腹を見せるというのは動物で言えば服従服属のポーズだが、人間の場合はどうやら軽蔑軽侮のポーズであるらしい。忍耐力というよりは耐久力を試されている気がする。

ふと、アルコール臭がする。

四月一日の来訪を知って、素早く酒瓶は隠したようだが、どうやら昼間っから、侑子は一人で酒盛りにいそしんでいたらしい。どんな願いも叶える次元の魔女というよりは、一子相伝の酒拳使いと言う方が相応しそうだ。全く、お酒を持たしたらこの人の右に出る者はいない、色んな意味で。これから先、おれは誰の願いを叶えることもできなくていいから、こんな大人にだけは決してなるまいと、四月一日は固く強く、心に誓った。仰げば尊し、反面教師の恩。

……しかし、この人はここまでの自堕落っぷりで、おれがバイトを始めるまでどうやって生活をしていたのだろうと、四月一日は不思議に思う。

多分この人はおれがバイトを辞めれば、栄養失調かアルコール中毒かで、三日ほどで死ぬだろう……今の侑子さんの生命線はおれなんだ。

そう思うと、その人を舐めきった、腹を見せての軽蔑軽侮のポーズも、なんだか許せるような気がした。

心の整理がついたところで、四月一日は問う。

「いいえって、なんすか」

「これは、鹿阪呼吸の携帯電話なのよ、四月一日」

「…………」

「揺るぎ無く、確実に。少なくとも、日陰宝石にとってはね——あっそう。そうなんだ。では、これで無事に対価は頂けたというわけね。商売繁盛、左団扇で笹持って来いといったところかしら」

「……おれにはわけわかんねえっすけど」

「それは四月一日があほだからよ」

「あれ？　こんなに真面目に働いてるのに今おれ、あほって言われた……」

侑子の言葉を——例の、『鹿阪さんから電話がかかってくることはありますか』という質問を投げ掛けた途端、日陰宝石は、瞬間、顔面蒼白になり、眼に見えて動揺を示し、腰掛けから立ち上がってしどろもどろで、ポケットから落とした携帯電話を拾おうともせず、それでも四月一日の手から、自分の携帯電話をひったくるように奪い取って——駆け足で公園から去っていった。後に一人、つくねんと残された立場の四月一日としては、どこまでも呆然とするばかりで——しかしいつまでもそうしていても埒があかないので、結局、侑子の店に戻ってきたというだけ……事情など、一つたりとも理解できていない。暗号文の絵解き自体は四月一日が考えたものだけれど、それだって考えるまでもなく、侑子の手のひらの上で、るきるきと踊らされていたようなものである。

理由は、訊かなければならない。

「一から十まで教えてもらおうなんて、図々しいわよ四月一日。少しは自分で推量するということをしなさいよ」

「どんな別料金をふんだくられるかわかりませんから、

おれも十まで教えてもらおうとは思いませんけれどね。でもせめて、一くらいは教えてもらえないもんですかね？　そうすれば、おれが一を聞いて十を知る、鋭い高校生であることを証明できると思うんですけれど」

「あっそう。いつになく強気な態度に出るじゃない。四月一日らしくもない。腹立たたしいわ」

「侑子さん、今噛みましたか？」

「いいえ、送り仮名を間違えただけよ」

「間違いの認め方を間違えてる……」

侑子はゆっくりと、上半身を起こす――否、起こしかけたところで、やっぱり面倒臭くなってしまったらしく、そのまま、腹筋運動が苦手な小学生のように、ばすんと勢いよく、再びその身体をソファに沈めた。

だらしのない態度。

しかし――天井を向くその眼が、やけに妖しい。

姿勢とのアンバランスで、それこそ倒錯的だった。

「別に、そんな難しいことじゃないわ。四月一日がその眼で見た通りの現象が、起きていたということよ。幽霊（ユウレイ）の、正体見たり（ショウタイミタリ）、枯尾花（カレオバナ）――何のことはない、死んだお友達から来るというそのメールは、彼女が自分自身で、自分自身の携帯電話のメールのアドレスに、毎日毎日、律儀に十一時六分に、送っていたということよ」

まあ、自作自演の狂言劇ということよね。

侑子は至極退屈そうに、そう言った。

「や、さすがに、それくらいはおれにも、わかりましたけれど――」

そこまで鈍くはない。

問題は――彼女が、携帯電話を二台、持っていたということだ。四月一日に渡した一台と、そして、彼女がずっと、ポケットの中で、右手で握り締めていた――今はこの部屋の卓上に置かれてある、もう一台。

四月一日が『に』と打ったとき、文章予測機能により、ディスプレイに候補として一番最初に表示された単語――『二台』。

「つまり、今日の場合は、十一時六分に、ポケットの中でもう一台の携帯電話を操作して、あらかじめ作成しておいたメールを、おれに渡した自分の携帯電話に向けて送信したってことになるんでしょうけれど――そういや、彼女、やけに左手に巻いた腕時計を、気にしていたようですしね。でも……そんなの、おかしくないっすか？」

「おかしい？　何が。確かに滑稽だけど」

まるで、不理解な四月一日を責めるような口調で、しかしどこか悪戯っぽく、侑子は言う。

「少なくとも、ちゃんと筋は通っているでしょう？　不可思議(フカシギ)な現象(ゲンショウ)なんて、何一つとして起こってはいないじゃないの。『第三者』や『容疑者』から送られてくるメールと考えるよりも、ましてや『幽霊』から送られてくるメールと考えるよりも、『本人』が送っていると考える方が、えっと、そう――現実的(ゲンジツテキ)なのだから。『本人』ならば、暗号文のことを知っていることに関して、何の疑問もないわけだしね。高度な偶然なんて、全く必要ない。必要なのは、必然(ヒツゼン)だけ」

「わかりませんね……つまり、それ」

卓上の携帯電話を示す四月一日。

「その携帯電話は、事故の際に駅のプラットホームで紛失したという、鹿阪呼吸さんの携帯電話で、それを日陰さんが何らかの手段で手に入れて――」

「まさか。短絡的な考え方をするものね、四月一日。待ち合わせの時間に公園にいた彼女が、どうやって、駅でなくなったお友達の携帯電話を手に入れることができるのよ。多分、携帯電話は、誰か、無関係な人が拾うでも踏むでも蹴っ飛ばすでもして――」

普通に(フツウニ)紛失されたんでしょう(フンシツサレタンデショウ)。

極々(ゴクゴク)、当たり前に(アタリマエニ)、よくあることとして(ヨクアルコトトシテ)。

「よくある……こと」

「ものがなくなるなんて――大切なものが無くなるなんて、大事な人が亡くなるなんて、そんなの、当たり前のことでしょう？　片腹痛いわ、そんなことを理解していない方がどうかしているのよ――なくしてから気付くだなんて、遅過ぎる」

「…………」

「だからね、こちらの携帯電話は代償品なのよ、四月一日。だからこそ、対価としての価値を持つわけ。鹿阪さんの事故は先月だったっけ？　だったらこれは、それ以降に、日陰さんが新たに購入(コウニュウ)した、そして新たに契約(ケイヤク)した携帯電話なのでしょう」

「新たに、契約――ですか」

「この場合、深い意味はなく、ただ、携帯電話会社と契約したということだけどね。でも、やっぱり、自分（ジブン）との契約（ケイヤク）でもある。ところで、四月一日。四月一日は芹沢くんから話を聞いたとき、不審には思わなかったのかしら？　だって、鹿阪さんは故人なのよ？　携帯電話が紛失していようがどうしようが、携帯電話会社との契約はそこで終わるはずじゃない。お金が絡んでいることなのだから、親族がきちんと、契約に始末をつけるはず。それなら、携帯電話が紛失していようが消失していようが、同じこと（オナジコト）だとは思わない？　突き詰めれば、携帯電話って――ただの機械（キカイ）なのだから」

死ねば、契約――は、終わる。

満了する、あるいは、停止する。

それはそうだ、と四月一日は思い至る。あまりにも当たり前過ぎて、そんなところまで気が回らなかった。携帯電話は、何も魔法の道具ではない、れっきとした、社会のシステムに組み込まれた契約の一環なのである。

ならば――事故の直後ならばともかく、一ヵ月も経って、まだその携帯電話が使用できるなんてわけがない。

そして、日陰宝石の携帯電話に鹿阪呼吸からのメールが届くようになったのは――事故の後、しばらくしてからということだった。

なんだろう、この気持ちの悪い矛盾は。

まるっきり――さかしまじゃないか。

「どういうことなんですか――侑子さん」

「そんなシリアスな口調になるほどのことじゃないわよ。ここはむしろ陽気に、『どういうことなんですか――ゆーこたん』と、あたしと四月一日との親密さをさりげにアピールするくらいの精神的な余裕が欲しいところよね」

「そんな余裕は生まれ変わってもいりません」

「あっそう。わかってないわね」

「侑子さんに仕えるようになってから幾星霜、おれは一瞬たりとも侑子さんの言うことをわかったというような感動的な瞬間を得たことがありませんよ」

「あっそう。じゃあ、手取り足取り、教えてあげる」

侑子は優しげにそう言った。

えらくまやかしっぽい優しげだったが。

「だから、簡単なことなのよ、四月一日――親族が鹿阪さんの携帯電話契約を停止するのを待って、日陰さんは、新しい携帯電話を購入し――種類は当然、鹿阪さんが使っていた、つまり自分が使っているのと同じ機種、これはそうでなくては意味がない——そして、契約する。携帯電話の複数台契約なんて、今時大してもの珍しくもないわ。そして、契約後、すぐに——メールアドレスを設定する」

「……あ！」

四月一日が思わず大声を上げ、咄嗟に口元を押さえると、侑子は、にんまりとした、してやったりという会心の笑みを浮かべる。

「わかりやすいリアクション、どうもありがとう。そうよね、メールアドレスって、自分で決めることができる（ジブンデキメルコトガデキル）のよね——当然、ここで、日陰さんは、鹿阪さんが生前使用していたメールアドレスを、取得する。お友達なんだから、鹿阪さんのメールアドレスは、当然、アドレス帳の中に入っているでしょう。つい最近まで席が埋まっていたアドレスですもの、取得できる可能性は相当に高い。メールのやり取りを暗号でするような人のこと、競争率の高そうなアドレスを使用していたとは思えないし。無事に取得できたら、一丁上がり、下準備完了。そのアドレスから、自分の携帯電話に、メールを送る……毎日、午前十一時六分にね。自分の携帯電話に届くメールは、アドレス帳に登録されている通り——鹿阪さんからのメールということになるわ。少なくとも、ディスプレイにはそう表示されるわよね。同じ会社だったら、ドメインまで、一文字違わずに一緒になるのだから」

「それで——電話がかかってくるかどうかって」

訊いたんすね、と四月一日は、公園での、日陰宝石とのやり取りを思い出しながら、言った。

メールアドレスは自分で比較的自由に設定できるが、電話番号の場合は、選択の余地に限りがある。少なくとも、鹿阪呼吸が使用していた電話番号を、日陰宝石が入手できる可能性は、限りなくゼロに近いだろう。だから——鹿阪呼吸から日陰宝石へと、電話がかかってくることはありえないのだ。

ゆえに。

彼女は——逃げ出した。

対価としての、携帯電話を置いて。

「トリックというよりは……、詐欺みたいなやり口ですよね」

「確かに、そうかもね。自作自演の狂言劇を自分自身に対する詐欺行為として見て取るなら、だけれど。まあ、四月一日のその言に乗っかって言うなら、携帯電話の契約も、メールアドレスの取得も、誰にだってできることではあるから、これだけでは、問題のメールの送り主が『本人』であると断定はできないんだけど、ただし——暗号文でメールが送られてくるというのなら、それは、相手が『幽霊』であるか、『本人』であるかのどちらか。どちらかと言えば、そりゃ『本人』でしょう」

「この世に幽霊なんていないわけない——ですか」

「ですますよ」

侑子は、ソファの肘掛を利用して、首の関節を伸ばすようにする。尊大な態度が、益々尊大な風になった。テンガロンハットがずり落ちて、顎紐で侑子の細い首にぶらさがる形になった。

「だから、彼女は幽霊を作ったというわけ」

「……作った？」

「鹿阪呼吸の幽霊を、作ったの。だから、その携帯電話は、日陰宝石さんのものじゃなくて、鹿阪呼吸さんのものなのよ。四月一日、作ろうと思えば作れるのよ、幽霊くらいは、誰だって。あたしなら、神様だって作ってみせる」

幽霊を、作った。

想像した。

あやかしを——創造した。

『もしもきみの大事な人が、不幸な事故で死んでしまって——そのとき、君尋くんは思わないのでしょうか？　幽霊でもいいから、人でなくてもいいから——何でもいいからもう一度、自分の前に現れてくれないかって』

日陰宝石は、四月一日に向けてそう言った——とても深く、とても切実そうに。それは——だとしたら、そういう意味で、言っていたのだろうか。ならば彼女が、憑き物落としを望まないと言っていたその理由も——よりはっきりと、明確になる。本来的だ、わざわざ自分で作り上げた作品を、壊してくれと望む者などいるものか。

しかし、それなら。

「それならどうして——芹沢は、おれのところに話を持ってきたりしたんでしょうね。や、正確に言うなら、おれじゃなくて、名前も口にしたくない漬物石筋の誰々のところってことですけれど……自作自演ってことなら、システムは自己完結してるんですから、それで満足しておけばいいじゃないすか」

「それは素人考えというものよ、四月一日。思いついたことをそのまま口にするのを、いい加減やめなさい。ねえ、四月一日。あやかしに必要なもの(モノ)って、一体、なんだと思う？　あやかしがあやかしたりうるために、必要なもの(モノ)って」

「必要なもの？」

なんだろう、考えてみたこともない。

四月一日にとってあやかしとは、当たり前に視えるものであって、当たり前にそこにいるものであって、あやかしがあやかしたりうるために必要なものと正面から問われたところで、そんなのは、当たり前過ぎて答の出せるクイズではない。人間とは何だと訊かれたのと、同じようなものだ——いや。

ひょっとして、同じようなものではなく。

同じなのか。

「それは『認識(ニンシキ)』よ、四月一日——だからこそ、四月一日のように、あやかしを『視る』ことのできる人間は、貴重なの。理屈や理論をすっ飛ばして、あやかしを『見通す(ミトオス)』ことができるのだから。人間にとってもあやかしにとっても、貴重なわけよ」

専門用語ではそういう性質を持つもの(モノ)を『見鬼(ケンキ)』と言うのよ、と侑子は豆知識を付け加えてから、続ける。

「たとえば、四月一日のような『視る眼』を持たざる人間に、あやかしを『認識』してもらうためには、どうすればいいのか……一番簡単なのは、それを、信じさせること」

「認識させるために——信じさせるって……それじゃあ、まるで詐欺じゃないですか」

「詐欺よ」

「や……まあ、この場合は、実際に、詐欺みたいなものなのかもしれませんけれど……実際には、幽霊はいなかったわけですし」

「言ったでしょう？　四月一日。『いる(イル)』と思っている人には『いる(イル)』し、『いない(イナイ)』と思っている人には『いない(イナイ)』。存在しない存在(ソンザイシナイソンザイ)——でも、四月一日、この場合、日陰さんは、自分で知っちゃってるわけでしょう？『鹿阪さん』の『幽霊』なんて、『いない』って——何せ、自作自演の狂言劇なのだから。自分に嘘はつけないわ」

「けど、それじゃあ、幽霊作りが成り立たない」

「だから、彼女は信じさせるのよ――自分以外の人達に」

信じさせる。

あやかしを、認識させるために。

世に不思議は多けれど、どれほど奇天烈奇々怪々な出来事も、人がいなければ人が見なければ人が関わらなければ――ただの現象。

ただ過ぎていくだけの事柄。

「自分に嘘はつけなくとも、他人に嘘はつけるでしょう。芹沢くんがどうして四月一日のところに話を持ってきたか――それは、それが日陰さんにとって、必要なことだったからなのよ。芹沢くんの弟の塾の友達の、部活の先輩のいとこにあたる、大学生のお姉さん――が日陰さんだというなら、少なくとも、それだけの範囲の人間の口の端に、『鹿阪さん』の『幽霊』は、登場していることになる。中略しなければならないほどに、日陰さんは鹿阪さんのことを、言い触らした。ネズミ算式に考えれば、実際の数はもっと膨大になるでしょう――」

「や、つまり……多数決みたいなもんなんですか？　多くの人が、『幽霊』の存在を知れば、信じれば、たとえ、自分がそれを嘘だとわかっていたとしても――」

鹿阪呼吸は……かけがえのない大事な友達は、自分にとって、存在していることになると――存在しない存在として、存在していることになると、そういうことなのだろうか。

芹沢は、否定的だった。

けれど――否定まではしていなかった。

でなければ、憑き物落としの孫である、百目鬼のところに話を繋いで欲しいなどと、四月一日に頼みはしないだろう。

「だから、今となってはもう、自分自身でさえも、彼女は鹿阪さんの『幽霊』は『認識』できていたでしょうね。言ったでしょう？　詐欺。自分自身に対する詐欺行為だって――ね。『認識』されないあやかしは存在しないのと同じ――よって、多くの人に『認識』されたあやかしは、たとえ存在しなくとも、存在しているのと同じなのよ。それこそが、幽霊作りということ。わかるかしら？　四月一日。死んだお友達から来るメールのことを言い触らすことは、日陰さんにとって必要なことだったの。幽霊を、幽霊たらしめるために、あやかしを、あやかしたらしめるために」

必要なもの。

ならば、四月一日もまた——その認識のために一役買っていたということになるのだ。今の今まで、メールを送ってくる鹿阪呼吸の存在を、しっかりと、認識してしまっていたのだから。

『視る眼』。

しかし——視る眼などなくても、見えるものはある。

「なんか、立つ瀬ないっすね……でもまあ、同時に遣る瀬無い話でもありますか。友達を思うあまりに、友達を想うあまりに、その友達を、幽霊として作り上げちゃうだなんて——友情に厚いと言えばそれまでなんでしょうけれど、おれなんかじゃ、とてもそんなの、真似できねえっすよ」

そこまで真摯に誰かのことを思うなんて——四月一日にあるだろうか。仲のいい友達はいるし、家に帰れば家族もいる。学校には、好きな子だっている。しかし、その誰かが死んだときに、その幽霊を作り上げてしまうほどに、激しく誰かを思想することが、果たして四月一日君尋にあるのだろうか——

あやかしを『視る眼』を持っているからと言って。

大切な人が視えるとは限らないのだ。

「どうしようもない間抜けぶりね、四月一日。いやだわ、それじゃあまるで、これがいい話のようじゃないの」

しかし、過剰なまでに辛辣な物言いで、侑子は四月一日のそんな考えを、遮った。その口元には、露骨に嘲るような笑みを貼り付けている。せせら笑うとは、まさにこのことだった。

「や……、その、いい話じゃ——ないんですか」

「全然違うわよ、四月一日は本当に人が好いわね、いい話にあたしが噛むとでも思っているの？　むしろこれは、とても悪い話。醜悪な話なのよ、四月一日。大事なお友達をあやかしにしてしまうような人間が、友情に厚いわけがないじゃない。全く逆よ、四月一日。日陰さんは、あたしに言わせれば、とても自分勝手で——酷くエゴイスティックな人間だわ」

「…………」

四月一日には、侑子の言っていることが、まるで理解できない。公園で会った彼女——それに、公園で聞いた彼女の話から、侑子の言うような印象は、四月一日は全く受けなかったのだが、しかし……

「だって彼女、自分のことばっかりじゃないの」

侑子は言った。

「気付かなかった？　四月一日。彼女、やけに『わたし』と言っていたでしょう？　『わたし』、『わたし』、『わたし』……彼女、自分のことばっかり気にしてるじゃないの。いやらしいくらい——自分のことばかり」

「や、それは……」

「『わたしは罰されなければならない』——彼女にとって重要だったのは、『罰されなければならない』ではなく、あくまでも主語の『わたし』だった」

「『わたし』だなんて——なんて浅ましい、台詞」

四月一日は、侑子の口調に、言葉を呑む。

だけれど、そう言えば——確かに、そうだった。四月一日との会話中、日陰宝石の、『わたし』という言葉は、随分と耳についたような気がする。『呼吸ちゃん』よりも、断然『わたし』だった。主語を省いて話すことの多い日本語の文法において——それは、確かに、言われてみれば、明らかに異質だった。

しかし、そんなことは言われてみれば、だ。

その場にいもしなかった癖に、どうしてこうも、侑子は事実を的確に言い当ててくるのだろう、もうそれは、あてずっぽうの推理などと謙遜できるようなものですらない——と、四月一日は、怯えたように、後ろに下がる。

侑子はそれを——より一層に笑った。

「一人称が明確な人間に対しては、ゆめゆめ注意を怠ってはならないわ。日陰さん、四月一日に対しても、自分の話ばっかりしていたでしょう？　し通しだったでしょう？　日陰さんと話していて、四月一日、鹿阪さんのキャラクターをつかむことができた？」

「や……それは」

「無理だったでしょう？　鹿阪さんのその性格や人格を、推測することなんて、全然できないでしょう？　髪型や服装といった外見すら、わからないはず。鹿阪さんの絵を描くことが、彼女の話からじゃ、とてもじゃないけれど、不可能なのよ。精々、導き出せるのは、問題の事故にも絡む『時間にルーズ』という特性くらいなのかしら……でもそれすら、結局は『わたし』の、パンクチユアルであるというキャラクターの紹介でしかなかったじゃない。まあ、得てして、パンクチュアルな人間はルーズな人間と縁が出来易いものだそうだけれどね——人は何であれ、他人には自分にないもの(モノ)を、足りないもの(モノ)を求めるから。性格(セイカク)だったり才能(サイノウ)だったり地位だったり財産(ザイサン)だったりね。早い話、『王様と乞食』というわけよ。あるいは『宝石と呼吸』……あははは、でもまあ、それはちょっと嵌り過ぎかな。うん、根本的には、恋愛だったら性別(セイベツ)だったりもするかしら。それもまた、『好き(スキ)』と『萌え(モエ)』との違い、『好き嫌い(スキキライ)』と『萌え(モエ)』との対偶。『好き(スキ)』や『嫌い(キライ)』は、自分のための感情だということよ。類は友を呼ぶなんて、大嘘……『自分(ジブン)』を埋めるために、人(ヒト)は『自分以外(ジブンイガイ)』を求める。気の弱い四月一日が、放蕩無頼な芹沢鴨のことを、好きになるように——彼女は、自分にないもの(モノ)を、自分に足りないもの(モノ)を、鹿阪さんに求めただけ。彼女は他人を、まるで自分の鏡としてしか見ていない」

「で、でも、侑子さん。あくまで自責で、あくまで自虐で……日陰さんが、鹿阪さんの死について、責任を感じているからこその——」

「ねえ、実際のところ、どう思う？」

侑子は言った。

「待ち合わせの時間に遅刻して、白線の外側にはみ出して、電車に接触して死んだお友達がいる——この場合、悪いのは、誰？」

「…………」

「どう考えても、その死の責任は、鹿阪さん本人にあるでしょう。鹿阪さんの不注意、鹿阪さんの迂闊。どう考えても、鹿阪さんの自業自得よ。縦から見ても横から見ても明らかじゃない。鹿阪さんの死は、鹿阪さんだけで、完結している。誰であれ、そこに他人が入り込む余地なんてないのよ。悲しむのはいいけれど——どう考えても、日陰さんが後悔するようなことじゃないわ」

筋がまるで違うのよ——と侑子。

「悲劇の主人公(ヒゲキノヒロイン)でも演じているかのような有様じゃない——大事なはずのお友達が、まるでかませ犬か引き立て役だわ。なんのことはない、誰であれ他人に対しては、そんなアクトしか、彼女は振れないのよ」

「や、でも——そんなの、穿った見方って奴じゃないんですか？　悪意に満ちた見方ですよ。彼女が言うには、さっき侑子さんも言った通り、時間にルーズな人で……それで、普段からそのことで日陰さんと衝突していて、それで今回は急いでいたから、注意力が散漫になって事故に遭ったんじゃないかって――」

「考え過ぎよ」

　処置なしとばかりに、侑子は首を振る。

「どう考えてもとは言ってもね――そこまで考えるのは明らかに異常。それに、人間の場合、時間にルーズというのは性格じゃなくて生態だから、人に言われても絶対に直らないわ。本当に治そうと思えば、プロのカウンセリングが必要……友達との衝突くらいじゃ、揺らぎもしない。鹿阪さんは、普通に遅刻して、なんとなく白線の外側に踏み出しちゃったのよ。自分のやったことの責任は自分で取る、当たり前のこと。時間に遅れたのも、白線の外側に踏み出したのも、鹿阪さんの問題であって、他の誰の問題でもないでしょう。日陰さんのその解釈は、無理矢理、お友達の死に関与しようとしているとしか、思えない。自分の存在を示そうとしているとしか、思えない」

「それは……」

「自己中心的な人間と言えば、何に対しても支配的な傾向があるとか、仕切り屋で自分が主導権を握っていないと気がすまないとか、手柄を独り占めするとか、自分の意見が通らないと全部投げ出しちゃうとか、そういうキャラクターを想定しそうなものだけれど、しかし、それだけでもないのよ、四月一日。一般的に、それらと正反対だと思われている人間……被害妄想の強い人間、加害妄想の強い人間、自己反省的な人間、自己否定的な人間、自己犠牲的な人間、自虐的な人間、自責的な人間――それらも全て、自己中心的と言えるのよ。だって」

「自分のことしか、考えてないから――ですか」

　わたし。

　自分。

　己。

　何にでも責任を感じて――全部自分が悪いと思う。

　それはどれほど傲慢な、思い上がりなのだろう。

　本来ならば他人が背負うべき責任まで自分で背負い、他人が償うべき罪悪さえ自分で償い、他人の仕事を、根こそぎ奪う。

　友達が死んだというのに、そんなことには構わず、悲しみさえもせずに、自分には何ができたか、自分には何ができなかったかだけを考えている——後悔して反省して、自分のことばかり考えている。

挙句の果てに、幽霊まで、作り上げた。

わたしの大事な友達。

自分にとって大事な——友達の幽霊。

自作自演の狂言劇——そこにいるのは、自分だけだ。

「自分自身が主人公であるという思い違い——オンリーワンであるという錯覚。自分なんて、個人なんて、人間なんて、ワン・オブ・ゼムに過ぎないのにね。四月一日生まれの人間は一四六一人に四人だし、二月二十九日生まれの人間は、一四六一人に一人。でも、地球には六十億人、人がいる。トップがあってボトムがある、その全てが、一人一人。矮小でちっぽけな自分を特別だと思うのは当たり前だけれど、自分を主人公だと思うことだけは、いただけないわ。まあ、強いて教訓めいたことを言うならば、そんなところよ。本当にお友達のことを思っているのなら——そのお友達を、あやかしなんかにしてしまわないわ。成仏を願うのが筋でしょう。どれほど会いたいと思っても——人は、死んだ人には、会うべきではないのよ」

侑子は——そして、上半身を起こす。

今度は、倒れることなく、無事に起き上がった。

卓上の携帯電話を、ひょいと手に取る。

「ここは、この場所は、願いを叶える店——自分で願いを叶えることができる人は、入ってくることも、視ることもできない。きっと、あたしは一生、日陰さんとお会いすることはないんでしょうね。その意味じゃ、本当は日陰さんはあたしに対価を支払う必要なんてなかったんだけれどね——でもまあ、働いちゃったものは仕方ないわ。これはこれで必然。幽霊作りのための言い触らしの対価ということになるわね……四月一日のような『本物』が絡んでくる可能性を、日陰さんは見落としていた。まだしも百目鬼くんだったら、彼女は救われたかも知れないけれどね、でも、そのけじめは、つけなくてはならない。まあ、彼女も本望なんじゃないかしら？ 自分でやったことの責任を自分で取るだけなんだから——それとも四月一日、今回も押し売りだって言うかしら？」

「押し花にされたくないから、言いませんけれど」

「あっそう。いい心がけね。ようやく四月一日も、バイトくんとしての心得ができてきたみたいじゃない。いいことだわ」

　ではお仕事お仕事、と場を茶にするように明るく言って、侑子は手に取った、対価としての携帯電話を開き、親指でいじり始める。

「にくげなしこのされこうべあなかしこめでたくかしく（ニクゲナシコノサレコウベアナカシコメデタクカシク）これよりはなし（コレヨリハナシ）——狂雲子。ご用心、ご用心」

　何をしているのかと思えば、どうやら、侑子はその携帯電話で、メールを作成しているらしい。使い慣れているという風には全く見えないのに、キーをタッチする侑子の親指はえらく速い。

「……何してんすか」

「んー？　お友達に、メールを、送っ、て、いるの、よ。ほら、あたしって、こう見えて結構、筆まめだ、か、ら、と」

　言い終わる頃には既に打ち終えたらしく、ぱちんと音を立てて携帯電話を閉じる侑子。そして、もうそんなものはどうでもよくなったとばかりに、あからさまに無造作な感じに、その携帯電話をぽいっと後ろに向けて投げ捨ててしまい、それから四月一日に向き直って、チャンネルを切り替えたようににっこりとはにかみ、

「じゃ、四月一日、今日はどんなテーマでしりとりをする？」

　と言った。

○　○

違う。

違う違う違う違う違う違う違う違う違う違う。

わたしじゃない、わたしじゃない、わたしじゃない、わたしじゃない、わたしじゃない、わたしじゃない、わたしじゃない、わたしじゃない。

メールを送ってきたのは呼吸ちゃんなんだ。

わたしにメールを送ってきたのは呼吸ちゃんなんだ。

呼吸ちゃんは生きている。

わたしの中に——生きている。

わたしは嘘をついてなんかいない。

呼吸ちゃんが死んだのはわたしのせいだから、呼吸ちゃんはわたしが殺したようなものだから、わたしは呼吸ちゃんのために、わたしはいつだって、わたしはどんな

裁きでも、わたしはどんな罰でも、わたしは許されない、わたしは謝らなければならない、わたしは考える、わたしはどうしてあのとき、わたしはどうしてあの場所で、わたしが落ち着いてさえいれば、わたしがもっと冷静だったなら、わたしだったら予測できたかもしれなかったのに、わたしが気を配れていたら、わたしが気をつけていたら、わたしがもっと寛容だったなら、わたしは呼吸ちゃんに対してどんなことができるだろう、わたしが頼りなかったせいで、だって呼吸ちゃんはわたしの大事な友達なんだから、わたしは呼吸ちゃんのことを思って、わたしがちゃんとしていれば、わたしが迂闊だった、呼吸ちゃんはわたしの自慢だったのに、呼吸ちゃんはわたしの誇りだったのに、わたしは呼吸ちゃんの力になりたい、わたしは我慢するから、わたしはどんなことだってする、わたしのことなんてどうでもいいから、わたしよりも呼吸ちゃんを優先して、わたしは呼吸ちゃんの後を追うべきなんだ、わたしのせいだ、わたしが悪いんだ、わたしが悪いんだ、わたしが悪いんだ、わたしは呼吸ちゃんにとってなんだったんだろう、わたしは呼吸ちゃんにどう思われていたのだろう、わたし、わたし、わたし、わたし、わたし、わたし、わたし、わたし、わたし、わたし、わたし、わたし、わたし、わたし、わたし、わたし、わたし！

きゅおんきゅおん、と、携帯電話に着信音。

不意をつかれたようで――わたしは総毛立つ。
携帯電話を開いてみれば、新着メール。
宛先は、勿論わたし。
差出人は――勿論死んだ友達。
現在時刻は午前十一時六分じゃないし――
わたしは何もしちゃいない。
右手は、ポケットから出している。
ほら、やっぱり。
わたしの友達は、生きていた。
わたしのおかげで、生きていた。
わたしは。
わたしは――

午後メッセージんで
ホテル買いましたのでとりあえずものがだけ地球とりあ
えずあのそれがブック買いました来月
まあだけ午後んでどこへ

「……あれ(アレ)？」
ごめん。
他の友達と遊ぶから、
また今度。

（了）

『xxxHOLiC ANOTHERHOLiC Landolt-Ring Aerosol』 The Third Story『AFTERHOLiC』

第三話◆アフターホリック

よってこれを□□□□（ガンキュウチキュウロン）と□（ナヅ）ける。

しかし、とはいえ、このようなこまっしゃくれた□□（リクツ）だけでは□□（ショクン）は□（ケッ）して□□（ナットク）してはくれないだろう。□□（リクツ）には□（ツネ）に□□□（セキニンカン）ある□□（ジッサイ）が□（トモナ）う□□（ヒツヨウ）がある、それは□（ホカ）ならぬ□□□（ワタシジシン）がこれまでずっと□□（シュチョウ）し□（ツヅ）けてきたことだ。□（ワタシ）は□（ワタシ）の□（タダ）しさ、そして□□（セイカク）さをこれ□□（イジョウ）ない□（カタチ）で□□□（ジュウニブン）に□□（ショウメイ）するために、□□□（ワタシジシン）を□□（テイシュツ）するだけでは□□□（イクブンモノ）□（タ）りない。であるが□（ユエ）に、ここで□（ワタシ）はあえて□□□（ワタシイガイ）の□（キワ）めてありふれた□□□（イッパンテキ）な□□（ジレイ）として、□□（ヒトリ）の□□（ショウネン）を□□（ショクン）に□□（ショウカイ）したいと□（オモ）う。

□（カレ）の□□（ナマエ）は[redacted]という。

□□（シリツ）[redacted]□□（ガクエン）に□（セキ）を□（オ）く□□（コウコウ）[redacted]□□（ネンセイ）、□□（シンチョウ）[redacted]cm、□□（タイジュウ）[redacted]・[redacted]kg、□（セン）の□（ホソ）い□（ヤ）せ□（ガタ）の□□（タイケイ）。□□（セイカク）は□（キワ）めて□□（オンコウ）、□□□（ヒトミシ）りしない、しかしその□□（ハンドウ）なのか、たまに□（ハゲ）しい□□（カンシャク）を□（オ）こす□□（ケイコウ）がある。まあ、□□（カヨウ）に、□□□□（ニンゲンテキオヨ）び□□□（セイカクテキ）には□□□（ゴクフツウ）の□□□（シシュンキ）の□□□（ショウネン）であると□（イ）っていい。[redacted]□（ガツ）[redacted]□（ビ）□（ウ）まれ、□□（セイザ）は[redacted]□（ザ）、□□□（ケツエキガタ）は[redacted]□（ガタ）、□□□□（カゾクコウセイ）は[redacted]、そのような□□（フクザツ）な□□（ジジョウ）を□（カカ）えている。[redacted]、[redacted]。そして□□（シリョク）は□□□（サユウトモ）に[redacted]。[redacted]。つまり□（ワタシ）の□□□□（ケンキュウザイリョウ）たる□□（シカク）そして□□（シシツ）は□□（カクジツ）に□（ソナ）えている。[redacted]。

そう。

□（カレ）には□□（ミエ）るのだ。

□（ヒト）ならざる□（モノ）が。

□□（セカイ）にあらざる□（モノ）が。

□□□（ワタシドウヨウ）に、□□□□（ゲンダイブツリ）を□（ハル）かに□□（チョウエツ）した、□□□（ジセダイ）の□（ブツ）□（リ）で□□（カイシャク）すべき□□（モンダイ）を、その□□（サユウ）の□□（ガンキュウ）に□（フク）んでいる。□（ワタシ）がここまで□（ク）り□（ヒロ）げてきた□□（ロンチュウ）において、□（スデ）に□□（イクド）にも□（ワタ）り□□（ヒテイ）してきたことではあるが、□□□（レイガイテキ）にこその[redacted]□（ロン）においては、□□□□（ジュウナナセイキ）に□□（コウアン）された[redacted]・[redacted]□□（ギジュツ）が□□（コンカン）に□□（イチ）づけられていることが、この□□（ショウネン）の□□（バアイ）に□（カギ）っては、□□（テキヨウ）されるのだ。[redacted]、[redacted]。

それをあやかしという。

あやかし。

そのあたりにいる□（モノ）であって、□□（ホンライ）ならば□（ミ）えない□（モノ）。

□（ミ）てはならない□（モノ）。

□□（ミエ）てはならない□（モノ）。

[redacted]、[redacted]、[redacted]。

□（カレ）はそれが□□（ミエ）なくなることを□（ノゾ）んでいた。

□□（ソンザイ）しない□（モノ）が□□（ミエ）るという□（カレ）の□□（ガンキュウ）には、□（オナ）じ[redacted]として、□（ワタシ）は□（オオ）いに□□（キタイ）を□（ヨ）せていたが、しかし□□□□（ヨソウイジョウ）の□□（セイカ）がそこには□（ミト）められた。□（ワタシ）の□□（ガンキュウ）□□□（チキュウロン）は[redacted]の□□（ソンザイ）によって□□（キョウコ）に□□（ウラヅ）けられ、はっきりと□□（ウラウ）ちされたと□（イ）ってもいいだろう。

□□□（リッキャクテン）を□（エ）たのだ。

[redacted]、[redacted]、[redacted]、[redacted]、[redacted]。そのために□（カレ）はとある□（ミセ）で、□□（カコク）な□□（ロウドウ）に□（ミ）を□（ヤツ）していた。□（ワリ）に□（ア）わない、□□（ミカエ）りもなく□□（フジュウ）□（ブン）な、□□（ムダ）に□（オ）わることの□（オオ）い、□（ムク）われない□□□（コンポンテキ）な□□（ジュウジ）だ。□□（ケンキ）としての□（カレ）は□□（ヒジョウ）に□□（ユウシュウ）だったが、しかし□□（イカン）せん、その□□□（セイシンメン）が□（ヨワ）かった。まだ□□（ショウネン）であることを□（サ）し□（ヒ）いても、[redacted]のメンタルの□□（ヒンジャク）さは□□（トッシュツ）していた。これは□（カレ）の□□（ノウリョク）が□□□（コウテンテキ）な□（モノ）ではなく□□□（センテンセイ）の□（モノ）であることを□□（ニョジツ）に□（シメ）していると□（イ）えるだろう。ともあれ、その□（ミセ）は、[redacted]。□□□（ショザイチ）は[redacted]、ただし、だからと□（イ）って□（ダレ）でも□（ハイ）れるというわけではない。[redacted]、[redacted]。その□□（テンナイ）に□（ハイ）ることができるのは、□（ココロ）に□（ツヨ）く□（ネガ）うことがある□（モノ）だけだ。

そこは□（ネガ）いの□（カナ）う□（ミセ）。

その□□（テンチョウ）の□□（ナマエ）を[redacted]というが、それは□（ワタシ）の□（ロン）にはあまり□□（カンケイ）がない。

○ ○

世に不思議は多けれど
どれほど奇天烈
奇々怪々なデキゴトも
ヒトが居なければ
ヒトが視なければ
ヒトが関わらなければ

ただのゲンショウ
ただ過ぎていくだけの
コトガラ

人
ひと
ヒト

ヒトこそこの世で
最も摩訶不思議な
イキモノ

○　○

「財布、拾ったんだけど」

四月一日君尋の眼は顔の前面に向いているので、当然視野角の問題で己の背後を見ることはできず、後ろから声をかけられたとき、振り向くことなしには、誰が自分に声をかけてきたのか、確認することができない。加えて、四月一日は後ろから声をかけられることがとりたてて好きな高校生ではないし、まして後ろから声をかけられることによって興奮を覚える性格でもなかったので、それはもう当たり前のように、かけられたその声に、振り向いた。

そこでは、見たこともない、ちゃらちゃらした風な背の高い青年が、四月一日に向けて、財布を差し出していた——趣味の悪いカラフルな蛇柄の、分厚い財布だった。背の高い青年同様、それは四月一日にとって、見たことのない財布だった。

「や、それ……おれのじゃないですけど」

「あ、そう？」

青年は不気味な風に首を傾げる仕草をし、それから、その財布に、緩慢な動作で眼を落とし、「ああ、そうかそうか、なーんだ」と、わざとらしくも納得したように頷いた。

そして四月一日を見て、笑顔を作る。

「これは俺の財布だった」

「…………」

「なるほど、財布を落としたのは俺だったのか」

くるくると、その財布を手の内で器用に回転させて、それをそのまま、ジーンズの尻のポケットに仕舞う青年。四月一日は啞然と、そんな青年に対して、呆けた面を晒すことになってしまった。意味不明とはこのことだった。

なんだこいつ。

「しかしお前は随分と欲がないねえ——財布を差し出されてるんだから、そのまま受け取ってしまえばいいじゃねえかよ」

「や……そんなわけにはいかないでしょうよ」

いきなりの不躾なお前呼ばわりに、四月一日としては少なからず思うところがないでもなかったが、しかし、相手がどうであれ、基本的には礼儀礼節を重んじる主義の彼としては、相手の真意がどこにあるかわからない以上、ここで癇癪を起こすわけにはいかなかった。そうでなくとも、意図の読めない相手は、対処しにくいものである。

「いい子ちゃんなんだな」

青年はそんな四月一日のことを、あからさまに馬鹿にするような口調で言う。

「お前、死んだらきっと天国行きだぜ。そんなに天国に行きたいのか？　天国にさえ行けりゃそれで万々歳か？　天国に行くためにだったら何でもしようってのかい。欲深いねえ、この野郎」

「………」

欲がないと言った舌の根も乾かぬ内に、返す刀で欲深いと来た。この青年、一体何枚の舌を持っているのだろう。

「さっきの財布には百五十万円ほど入っていたんだぜ？　それともお前、あれか、あれなんだな、そんな大金を目の前にしてびびっちまったってことか」

「……自分のものじゃないお金は、一円だって受け取りませんよ。そんなの、当然のことじゃないですか」

いつだったか、バイト先の店主からされたたとえ話を思い出しながら、四月一日はそう答えた。当然のことだ、そんな、何の対価も代償もない対象、お金でなくったって、受け取るわけにはいかない。

「はん。青臭いことを言うなあ。青臭いことを言う奴は嫌いだっつーの。一円に泣く者は一円を笑うんだぜ？」

「………はあ」

それは希望の持てる話だった。

「あれ？　違ったっけ？　関西一円を笑う者は関東一円に泣く、だっけか？　関西と関東が逆か？　んんん、どうも的外れな考察をしているような気がするぜ。日本語っつーのは本当にややこしいなあ。あー、もうどうでもいいや。馬鹿馬鹿しい。けっ。なんだか白けちまった。むかつくなあ」

「は、はあ……」

そんなことを言われても。

「仕事している最中、携帯電話に電話かかってきて、開口一番『あ、寝てた？』と訊かれたときくらいむかつくなあ」

「は、はあ……」

更にそんなことを言われても。

「もういいや。喋ってたら喋ってるほどむかついてきた。不愉快至極極まりないぜ。二度とその面俺の前に見せんじゃねえよ、高校生。さっさと学校行っちまえってんだ、馬鹿野郎」

毒づくようにそう言って、青年は四月一日に背を向けて、ぺたぺたと早い足取りで、四月一日から離れて行った。あっという間に角を折れて、その姿を、四月一日の視界から、消してしまう。

見えなくなった。

「まあ……そうだよな。うん、別に春じゃなくったって、頭がおかしい奴ってのは、出てくるもんだよな……」

ありえないほど、かなり無礼な扱いを受けたような気がするが、しかしあそこまで意味不明であると、却って怒る気にもならず、四月一日はそんな風に落としどころを見つけ、振り向けた身体を元の方向に戻し、歩みを再開することにした。あの青年の正体は全くもって不明なばかりだったが、しかし少なくともたった一つだけ、彼は四月一日にも理解できる、しかも正しいことを言った。さっさと学校行っちまえ。その通り。四月一日は今、学校へ向かっている最中なのだった。

通学路である。

「あーあ。折角のいい気分が台無しだ」

そんな風にぼやきながら、四月一日は早足になって、道を行く。ただでさえ遅れ気味だったのに、余計な時間を取られてしまった。不可抗力といえば不可抗力だが、それでも遅刻した場合、責任を負うことになるのは自分である。こんなことならもっと早く家を出ていればよかったと思ったが、それは今考えても仕方のないことだった。後悔の仕方が間違っている。あんな変な青年に絡まれることなど家を出る段階の四月一日には予測のしようがないのだから、今日の星占いを見ていた一時間前の自分を責めることに、意味はない。ラッキーアイテムがほうじ茶だということがわかっただけでも、めっけものというべきではないか。もっとも、その星占い、四月一日のおひつじ座は、第八位だったのだけれど――そんなどっちつかずの順位と引き換えに得たものが、あの青年との邂逅だったのだとすれば、それはあまりに酷い気がするが。

「……あれ？」

と――四月一日は、疑問に至る。

「おれ……どうしていい気分なんだ？」

折角のいい気分が台無しだ――と、なんとはなしに、特に意識もせずに、そんな内容の台詞が自然と口をついて出たが、しかし、『いい気分』とは、一体、何なのだろう。まさか星占いで第八位になったことで気分が高揚するほどに、四月一日は小さな幸せを見つけるのが上手な人間ではなかったし、そもそも星占いを、通常以上にアテにしてはいない。ラッキーアイテムのほうじ茶だって、別に飲んだわけではないのだ。

大体。

四月一日にとって。

四月一日君尋の両眼にとって、いい気分（イイキブン）だなんて、そんなコンディションが、そうそうあるわけがないのに――

「どうかしちまったのかな、おれ……春でもねえのに」

している内に、学校に到着。

遅刻こそしなかったものの、しかしすぐに予鈴がなるだろうと、四月一日はそこで歩幅を縮めることなく、むしろ大またにして、校舎内に這入り、階段を一段飛ばしに、教室に向かった。教室に備え付けられている前後の引き戸、その後ろの方から、教室に入ると同時に、

「よ、おはよ」

と、声をかけられた。

ついこの間、同学年のクラスメイトでありながらにして、些細な年齢問題を笠に着て、四月一日に厄介ごとを持ち込んできたばかりの、芹沢施工（セリザワセコウ）だった。その厄介ご

と自体は、四月一日のバイト先の店主によって解決されたというか、有耶無耶、あるいは無茶苦茶にされてしまったのだが、しかしそれ以来、彼にとって何かが切っ掛けになったのか、芹沢はやけに頻繁に、四月一日にこうして近寄ってくるようになったのだった。四月一日としては芹沢に対して、とりたてて友情を感じていなかったので、あまり親しくされても困惑するだけなのだが、しかしそれでも、芹沢という名を持つ人間を邪険にするような教育を彼は受けてきていなかったので、適当に、芹沢の機嫌を損ねない程度に相手をしている今現在である。おはようと言われればおはようと返す。

「ああ、おはよう……って」

芹沢の肩越しに、自分の教室に整然と並んだ机を見――四月一日は、えらく、教室内が、がらんとしていることに気付いた。もういつ予鈴がなってもおかしくない時間だというのに、クラスメイトの半分も揃っていない。遅刻の常連組を差し引いて考えても、この有様は少しおかしい。芹沢も、そんな四月一日の怪訝な表情を見て取ったのだろう、

「うん」

という。

「風邪でも流行ってんのかな。インフルエンザとか」

「季節じゃねえだろ。それに、そんな突発的に、予備期間もなく、風邪って流行るもんなのか？」

「流行るかもしれねえじゃん」

「まあ、可能性はあるわな」

言いながら、席に着く。鞄から教科書を取り出して、机の中に突っ込む――一時間目は数学。出席番号と今日の日付から考えれば、当てられる確率は低いはずだったが、もしもこのまま、欠席者の多い状態で授業が開始されるとなると、その確率は飛躍的な伸びを見せることになるだろう。ならば事前にある程度の予習をしておいた方がいい。

ちらり、と目線を横にやる。

空席。

そこは、九軒（クノギ）ひまわりの席だった。

鞄もないようだし、彼女も、どうやらまだ、学校に来ていないようだ――普段なら、予鈴のなる三十分前には教室にいるという彼女がこの時間にいないということは、やはり欠席ということなのだろうか。無遅刻無欠席

無早退、皆勤賞まっしぐらの九軒らしくもない——

「…………。」

ひまわりちゃんが休みなのに、一体、何がいい気分なものか。

全く、と思いながら、窓の外を見る。

視る。

「あ……」

そして——四月一日は唐突に理解した。

今朝から、やけにいい気分な理由。

いや、いい気分なんじゃない。

気分がいいのだ。

気分がいい——その理由。

「そういや、おれ……、今日はまだ一匹も——視てない……」

◯　◯

□□(ジンタイ)の□□(ガンキュウ)の□□(コウゾウ)について、ここでおさらいすることにしよう。□□(イッパンテキ)に□□(シリョク)という□□(ガイネン)を□(カンガ)えたとき、□(オソ)らく□□(ショクン)は□□(ガンキュウ)と□□□(シシンケイ)を□(イッショ)くたに□(トラ)える□□(ケイコウ)があるだろうが、この□□(バアイ)、□□(ガンキュウ)とは、□□□(シシンケイ)や□□(ガンキン)を□(ノゾ)く□□(キョウギ)での□□(ガンキュウ)である。[redacted]。[redacted]。

□□(チョッケイ)25㎜。

□□(シツリョウ)7・5g。

□□(シロメ)の□□(ブブン)を□□(キョウマク)といい、□□(クロメ)の□□(ブブン)を□□(カクマク)と□(ヨ)ぶ。□□(キョウマク)の□(シタ)に□□□(ミャクラクマク)、□(サラ)にその□(シタ)に□□(モウマク)という□□□□(サンソウコウゾウ)で、□□(カクマク)は□□(ドクジ)に□□□□(ゴソウコウゾウ)。□□(キョウマク)と□□(カクマク)で、□□(キュウケイ)を□□(コウセイ)しているのである。たとえばテニスボールが□□(キュウケイ)であるために、□□(ナイブ)に□□(クウキ)を□(イ)れなければならないのと□□(ドウヨウ)に、□□(ガンキュウ)が□□(キュウケイ)であるために、□□(ウチガワ)から□□(アツリョク)——□□(ガンアツ)をかけている□□(ソシキ)が、□□□(ショウシタイ)である。□□(モウマク)には□(ニ)□(シュル)□(イ)の□□(シサイボウ)があり、それぞれ□□□□(スイタイサイボウ)、□□□□(カンタイサイボウ)という。□□(カクマク)と□(トモ)に、□□□(シャシンキ)でいうレンズに□(ア)たる□□(ヤクワリ)を□(ハ)たすのが□□□(スイショウタイ)、その□□□(スイショウタイ)の□(マエ)で□□(ドウコウ)を□□(ケイセイ)し、□□□(ガンキュウナイ)に□(ハイ)る□(ヒカリ)の□(リョウ)を□□(チョウセイ)するのが□□(コウサイ)である。[redacted]、[redacted]。□□□(チュウガクセイ)の□□(リカ)の□□□(キョウカショ)に□(ノ)っているような□□(チシキ)であるが、□□(コドモ)の□(コロ)に□(ナラ)ったことを、□□(ネンレイ)を□(ヘ)てから□□(フクシュウ)すると、□(アラ)たな

□□（ハッケン）があるものだ。□□（ジッサイ）、ここまでの□□（ジョウホウ）からだけでも、□□□□（ガンキュウチキュウロン）を□□（リカイ）するにあたって、□□（ショクン）が□（エ）られる□（モノ）は□（スク）なくない□（ハズ）である。

[redacted]。[redacted]、[redacted]。[redacted]、[redacted]、[redacted]。[redacted]。では□（ツ）けて、その□□（ワタシタチ）が□□（ガンキュウ）で□（トラ）える□（モノ）——□（トラ）えると□（カンガ）えられているもの、□（スナワ）ち□（ヒカリ）について、□□（コウサツ）を□（ココロ）みることにする。その□□（ヒツヨウ）がないと□（オモ）う□（モノ）は、□（キ）き□（ナガ）して□（カマ）わない。[redacted]。しかしそれでも、□（ツネ）に□□（シコウ）だけは□（ウシナ）わないように。

　□（ヒカリ）とは、□□□（デンジハ）の□□（イッシュ）である。□□（ハチョウ）が7・8×10のマイナス7□（ジョウ）mから□□（ハチョウ）3・8×10のマイナス7□（ジョウ）mまでの□□□（デンジハ）を□□□□（カシコウセン）といい、□□（カシ）という□□（コトバ）からも□（ヨ）み□（ト）れるように、□□（ツウジョウ）、□□（ニンゲン）の□□（ガンキュウ）で□（トラ）えることができる□（ヒカリ）とは、この□□□□（カシコウセン）のことを□（サ）す。□□（サンコウ）までに□□□（デンジハ）の□□（シュルイ）を□□（レッキョ）すると、□□（デンパ）、□□□（セキガイセン）、□□□（カシコウ）□（セン）、□□□（シガイセン）、X□（セン）、ガンマ□（セン）となる。□□□□□□（カシコウセンイガイ）の□□□（デンジハ）を□□□□□（フカシコウセン）と□（ヨ）ぶ□□（バアイ）もあるが、しかしこれは□□□（ニンゲンシュ）の□（オモ）い□（ア）がりと□（ミ）るべきだろう。□□□（シガイセン）や□□□（セキガイセン）を□（ミ）ることのできる□□（ガンキュウ）を□□（ショユウ）する□□（セイブツ）だって、□（スク）なからず□□（ソンザイ）するからだ。[redacted]、[redacted]。それぞれの□□（シュルイ）を□（サラ）に□（クワ）しく□（コマ）かく□（ワ）けることもできるが、さすがにその□（アタ）りにまで□□（ゲンキュウ）し□（ハジ）めると□（ハナシ）が□（ソ）れたまま□（カエ）って□（コ）られなくなる□（オソ）れがあるので、□□（ザンネン）ながら□□（カツアイ）させていただく。

　□□（ゲンザイ）までの□□□（ブツリガク）において□□（カイシャク）すると、[redacted]がその□□（ガンキュウ）で□（ミ）るいわゆるあやかしは、X□（セン）ないしガンマ□（セン）の□□（リョウイキ）における□□（ソンザイ）であると□□（テイギ）されている。しかし□（ワタシ）の□□（テイショウ）する□□□□（ガンキュウチキュウロン）において、[redacted]が□（ミ）るところのあやかしは、むしろ□□（ハチョウ）の□（ナガ）い□□（デンパ）に□（チカ）い□□（ソンザイ）ではないかという□□（カセツ）が□（タ）てられている。どちらも□□（ホンライ）であれば□□（ニンゲン）には□（ミ）えないという□□（イミ）では□□（キョウツウ）しているが、その□□（ハチョウ）の□□（チョウタン）こそがここにおいては□□（カンヨウ）だ。□□（カセツ）というには□（スコ）し□□（ダイタン）だが、それはむしろ、その□□（ヨソク）がより□□（ゲンジツ）に□（チカ）いことを□（シメ）しているからに□（ホカ）ならない。

　□（ヒカリ）は□（ナミ）であると□□（ドウジ）に□（ツブ）である。

つまり□□□□（コウセイヨウソ）だ。

そして、□□(ノチノチ)に□(ク)り□(ヒロ)げる□□(ヨテイ)の□□(シュロン)のために、□(ワタシ)がここであらかじめ、□(モット)も□□(シュチョウ)しておきたい□(ヒカリ)の□□(セイシツ)とは——□(ヒカリ)は、□□(クッセツ)するということだ。□□(クッセツ)する□(モノ)を、□□(ショウメン)から□(トラ)えようとしてはならないのである。

○　○

一日分のカリキュラムを滞りなく終えて、四月一日君尋は私立十字学園の敷地内から校外へと出、そのまま、近くの商店街へと買い物に向かった。横暴極まりないバイト先の店主が、本日の夕食として鍋を所望しているので、その下準備である。バイト先の店主からは、特に鍋の中身は指定されていなかったので、四月一日の独断により、鴨鍋にする予定だった。折角だから、一緒にほうじ茶の準備をしていくことにしよう。確かあの商店街には、おいしそうなお茶っぱを売っている店があったはずだ。

結局。

あれから、遅刻だったりなんだったりで、放課後までに教室の席のある程度は埋まったのだが、しかし全てが埋まることはなかったし、九軒ひまわりの席も、その内の一つだった。四月一日が学校へ通う目的の約八割が九軒の顔を見るためなので、テンションの下がることといったらなかった。

はずなのだが。

「……でもなあ」

でもなあ、である。

あやかしが——視えない。

一匹も。

一体も。

どんな遠くを眺めても——何も視えない。

こんなことは、四月一日君尋の生まれてこの方初めてだった——どんな体調のときであれ、あるいはどんな状況においてさえ、ここまでの長時間にわたって、一匹のあやかしも視ない、一匹のあやかしも感じないなんてことは、かつてなかった。

身体が軽い、気持ちが軽い。

あたかも別人の殻を着ているようだった。

身も心も、細胞の一個まであますところなく、束縛から解放されたような感覚だった。総じて言うなら——気分がいい。九軒がいようがいまいが、そんなこととは全く違う次元の話で——

　しかし。

「いきなりこんなことになると……嬉しいっつうより、戸惑うよな……つーか、どういうことなんだ……？」

　あやかしが視えないというだけで、四月一日の眼の機能に、他に異常があるということはない。あやかし以外のものは完全に見える、何一つとして特筆すべきイレギュラーはない。だが、だからこそ尚一層、不可思議だった。四月一日にとって、いつだってどこだって、当たり前のように当たり前に、そこにいる存在だったはずのあやかしが、突如視えなくなってしまうなんて——これは一体どういうことなのだろう。

　芹沢を始めとするクラスメイトは、四月一日の眼のことを知らない——故に、とてもではないが、誰かに相談できるような話ではなかった。学校内で唯一それが相談できる相手と言えば、もしも水木しげる先生原作のアニメに登場していたら、恐らくは全身緑色の犬みたいなデザインになっていただろう、隣のクラスの委員長だけなのだが、昼休みにそいつの教室を訪ねてみると、九軒ひまわり同様、彼もまた欠席だった。

　鬼の霍乱とはこのことだった。

　まあ、落ち着かない気持ちなのは確かだったが、こんなこと、バイト先の店主に訊けば、恐らくは解決する問題なのだろうとは思う。その代償としてどれだけの対価を支払うことになるのかはわからないが、それはそれで仕方がない。仕方がないから対価というのだ——こと、あの壱原侑子(イチハラユウコ)に限っては。

　四月一日君尋のバイト先。

　どんな(ドンナ)『願い(ネガイ)』も叶う店(モカナウミセ)。

　その店の主(ヌシ)——壱原侑子。

「うまい鍋でも作って機嫌取れば、それで案外チャラになっちまう程度の問題なのかもしれないけどな——とにかく、原因がはっきりしないことには、不安だっての。どうにでも対処できるように、覚悟決めとかねえとなあ……」

　買い物を終えて、商店街を後にする。

　そのまま直接、バイト先へと向かう。

具の選定に思いのほか時間がかかったが、それでも定時には、十分間に合いそうだった。

それにしても。

と、四月一日は——前方を見ながら、歩く。

特に何も考えておらずとも、何も思っておらずとも、歩いていれば、前を見ずにはいられない——そしてその『前』には、あやかしの姿が、ないのである。

当たり前のようにあったものが。

当たり前のようにない。

自分にとって、あやかしがどれほど日常であったのか、逆に視えなくなることで思い知る——こんなに気分はいいのに、それでも、ちっとも落ち着かない。

ふと、脚を止めて、空を見上げる。

空。

白い雲——眩しい太陽。

抜けるような青い空。

どれもこれも、ごく普通の風景。

しかし——空がこんな風に見えたことは、これまでに一度もなかった。四月一日にとって空とは、あやかしの住処であって巣窟であり、空は青く澄んでいるものではなく、青く濁っているものだった。澄み渡る空など、この世界で最もあり得ないものの一つである。雲も太陽も、あやかしの背景でしかなかったのだ。夜の星座だって、まともに観測できた例（タメシ）がない。いや、むしろあやかしの物量は、夜間の方が圧倒的に増大する。心得のない者でさえあっさり発見できる北斗七星やオリオン座でさえ、あやかしがフィルターになって、よく見えない有様だった。お陰で、確か小学生のときだったか、野外活動における天体観測の結果など、酷いものだった。

空を見上げていた首を元に戻し、後ろを振り向き、そのまま、きょろきょろと、辺りを見回す。確認するように、一つ一つ、細かくチェックするように——見回す。

そして。

「そっか……世界って」

世界って（セカイッテ）、こんなに（コンナニ）広かったんだ（ヒロカッタンダ）。

四月一日はそう思い——そして、複雑だった。

このかつてない事態にどう対応していいものかわからないということもあったし、やはり、根本的にこの原因不明の事態に戸惑っているというのもあったが——けれど、複雑な理由は、それ以上に。

今、四月一日が抱いているこの気持ちを、共有できる相手が一人だっていないことに、思い至ってしまったからだ。

四月一日は今、空を見上げて、それを綺麗だと思ったが――こんなもの、普通の眼を持つ者達にしてみれば、ただのつまらない空である。何の価値もない空である。そんな絵を見て何かを感じる人間なんて、地球上に四月一日以外に存在するとはとてもじゃないが、思えない。それこそ、そんなもの、日常の一風景でしかないはずだ。四月一日が見た世界の広さなど、普通の人にしてみれば、ただの狭い歩道なのだ。

それが一体何だという。

自分が酷く卑小な人間に思えてくる。

くだらないことでいちいち立ち止まっている、普通の人が素通りできる場所で座り込む、ことあるごとに一回一回後ろを振り返る、そう、単なる、自虐的な――

「……ん？」

おかしい、と気付いたのは、むしろ遅かった。

ただ、学校付近からバイト先の店(ミセ)までの道程は、既に四月一日君尋にとっては日常のルーチンワークの一部になってしまっているため、その道中は基本的に物思いに耽ってしまっていることが多い――今日もまた、そうだった。

だから、気付くのが遅れた。

壁(カベ)が見えない。

あの、黒い壁(クロイカベ)。

四月一日のバイト先の店(ミセ)を囲う、結界のように取り囲む、どんな(ドンナ)『願い(ネガイ)』も叶う店(モカナウミセ)を囲う、吸い込まれるような、あの黒い壁(クロイカベ)が――見えない。もう、この小道に入ったら、角度的に見えていなければおかしいはずなのに

――

「え……？　どういうこと、だよ……？」

足取りを止めることはできなかった。

不審に思いながらも――確認せずにはいられない。しかし、確認せずにはいられなかったが、もう四月一日の心中には、この時点で一つの明らかな、四月一日にとってどうしようもないほどあからさまな、誤魔化しようのない確信があった。否定する余地もないほどはっきりとした、余計なくらい揺るぎのない確信めいた確信が。そ

れでも尚、四月一日は、確認せずには、いられなかった。

自分（ジブン）の眼（メ）で。

見ないわけには、いかなかった。


「……侑子（ユウコ）さん」


四月一日君尋のバイト先。

どんな（ドンナ）『願い（ネガイ）』も叶う店（モカナウミセ）。

が、あったはずのその場所——が、派手な装飾の、百円ショップと、化していた。

○　○

[redacted]、[redacted]、[redacted]、[redacted]。[redacted]。[redacted]。

[redacted]。

とはいっても、□□□□（ガンキュウチキュウロン）は□□（キゾン）の□□（ブツリガク）をあらかた□□（ヒテイ）するような□□（ランボウ）な□□（セイカク）の□（モノ）ではないが、しかしそれでも、□（タシ）かにそういった□□（ソクメン）を□（マッタ）く□（ユウ）しないわけではない。[redacted]。つまり、その□□（コッカク）のほとんどの□□（ブブン）に□□□□（ドクジリロン）を□□（シヨウ）しているためそのように□（ミ）えるのだ。どれほど□（キ）まりきった□（ア）たり□（マエ）のことを□（イ）ったところで、□□（リロン）が□（ソウ）じてオリジナルでは、□□（ウサン）□（クサ）く□（ミ）られてしまうのは、ともすればただ□□（ゲンジョウ）に□□（タテツ）くことだけを□（メ）□（ア）てとしたハッタリと□（ウ）け□（ト）られてしまうことも、やむかたないだろう。[redacted]。その□（アタ）りは□□（ココ）の□□（ケンショウ）が□□（ヒツヨウ）になると思う。いわゆる□□□□（ゼッタイジョウケン）だ。[redacted]。バグ□（ツブ）しにも□（ニ）た□□（タンチョウ）な□□（サギョウ）ではあるが、こればかりは□□（ジカン）をかけて□□（モクモク）と□（ツ）けるしかないだろう。□□（ムロン）、こうしている□（イマ）このときも、□□□□□（モッカサギョウチュウ）である。その□□（イミ）では、まだ□（ワタシ）には□（タシ）からしいことは□（ナニ）も□（イ）えないのかもしれない。

それでも□（ヒト）つだけ□□（カクジツ）に□（イ）えることはある。
□□□□（ガンキュウチキュウロン）は□□□（セカイカン）の□□（ヒテイ）ではない。
□□（セカイ）そのものは□□（ヒテイ）するが、そうであるからこそ、□（セ）□□（カイカン）を□□（コウテイ）するのだ。
ご□□（ゾンジ）の□（トオ）り、□□（ニンゲン）は□□（シカク）・□□（チョウカク）・□□（ミカク）・□□（キュウカク）・

□□(ショッカク)の□□(ゴカン)によって、この□□(セカイ)を□□(ニンシキ)し、□□(テイギ)している。しかしこの□□(ゴカン)、□(ケツ)して、□□(コウヘイ)にバランスよく□□(シゴト)をしているとは□(イ)いがたい。その□□(ブンタン)にはかなり□(カタヨ)った□□□(フキンコウ)がある。□(ウ)ち□(ア)けた□(ハナシ)、□□(ニンゲン)は□□(セカイ)の□□(ニンシキ)を、□□(キュウワリ)までのパーセンテージで、□□(シカク)に□(ヨ)っている。□□(シカク)で□□(キュウワリ)、□(ノコ)りの□□(ヨンカン)で、□□(イチワリ)である。□□(モチロン)、□□□(ダイロッカン)などという□□(シコウ)に□(アタイ)する□□(コンキョ)のない□□(シロモノ)は、この□□(ジテン)では□□□(モンダイシ)しない。[redacted]。□(ノ)に□(アワ)せて、じっくりと□□(コウサツ)することになるとは□(オモ)うが、□□□□□(ガンキュウチキュウロン)においては□□□(ゲンソクテキ)に、□□(カンカク)とは□□(ゴカン)のことのみを□(サ)す。

たとえばここに、□(テ)に□(ト)るように□□(セカイ)を□□(ニンシキ)できる□(モノ)がいたとして、□□(セカイ)を□□(ジッサイ)に□(テ)に□(ト)れるわけもなく、□□(キュウワリ)の□□(ブブン)まで、そう□(ミ)えているだけなのである。

そう□(ミ)えているだけ。

だが、□(ミ)えているだけで□□(ジュウブン)なのだ。

[redacted]、[redacted]、[redacted]。

[redacted]。

[redacted]。

□□(キョリ)を□□(ニンシキ)できるという□□(トクチョウ)も、ここにおいて□□(キョウチョウ)しておかなくてはならないだろう——□□(セカイ)の□(ヒロ)さを□□(ニンシキ)するためには、□□□(リッタイカン)と□□□(エンキンカン)を□□(ニンシキ)できる□□□□(ガンキュウキコウ)が□□□(フカケツ)なのである。ただし、□(イ)うまでもなく、□□(ガンキュウ)が□(トラ)える□□(セカイ)と□□(ジッサイ)の□□(セカイ)との□(アイダ)には□(サ)けようのないズレが□(ショウ)じる。いわゆるパララックスである。□□(ガンキュウ)が□□(ショユウ)するだけの□□□(ジョウホウリョウ)を□□(ノウズイ)に□□(デンタツ)するケーブル、□(スナワ)ち□□□(シシンケイ)がそのためにはあまりにも□□(ヒンジャク)だからだ。[redacted]。もしも□□□□□(ガンキュウジョウホウ)を□□(イチブ)の□□(ケッソン)も□□(イチブ)の□□(ケツラク)もなく□□(ノウズイ)に□□(デンタツ)しようと□(オモ)えば、□□□(ヘイキンテキ)な□□□□(セイジンダンセイ)の□(ウデ)の□(フト)さほどの□□□(シシンケイ)が□□(ヒツヨウ)となるだろう。□(カリ)に、それが□□(ジツゲン)したところで、それ□□(イゼン)の□□(カダイ)として、ハードとしての□□(ノウズイ)が、□□(ガンキュウ)に□□(タイオウ)するだけのメモリーを□(ソナ)えているかどうかが、□□(ケイサン)の□(ソト)だ。□□(ニンゲン)の□□(ノウズイ)の□□□□(エンザンノウリョク)の□(タカ)さは□□(シュウチ)だが、それだって□□(セカイ)の□□(ニンシキ)を□□(カンスイ)するのに□□(ジュウブン)だと□□(ホショウ)することはできまい。

もう□□(ショクン)はお□(ワ)かりになっただろう。

□(ワタシ)は□□(ガンキュウ)に□(オモ)きを□(オ)いている。

□□(キョクタン)に□(イ)えば、□□□□(ガンキュウイガイ)の□□□□(ニンゲンキカン)は、□(スベ)て□□(ガンキュウ)の□□□(フゾクブツ)であるとすら、□(ダン)じてしまって□(カマ)わない。

□□(ガンキュウ)は、□(ホカ)の□(スベ)てに□□(ユウセン)する□□□□(ゼッタイセカイ)だ。[redacted]。□□(ゼンタイ)の□□(キュウワリ)を□(シ)めているのだから、それが□□□□□□□□(ミンシュシュギテキケツロン)という□(モノ)だろう。

□□□□□(ガンキュウチキュウロン)。

[redacted]、[redacted]、[redacted]、[redacted]。□□(コッケイ)と□(イ)えば□□(コッケイ)な、まともな□□(テジュン)で□□(ロンブン)にしようと□(オモ)えばただの□□(ラクガ)きとも□(ソシ)られかねない□□(キケン)な□□(カセツ)ではあるが、[redacted]、[redacted]。[redacted]。

[redacted]。

[redacted]。

では、□□(ソウロン)にはいい□□(カゲン)うんざりされてしまったようなので、□(サキ)ほど□□(ジレイ)として□□(ショクン)に□□(テイジ)した、□(メ)の□(ウチ)に□(イ)□□□(ギョウイケイ)の□□□□(ドクジセカイ)を□(モ)つ□□(ショウネン)、[redacted]と、□(ワタシ)が□□□□(チョクセッセッショク)をしたときの□(ハナシ)に□(モド)そう。あやかしを□□(ミエ)る□□(ショウネン)の□(ハナシ)だ。まさか□(ワス)れてはいないとは□(オモ)うが、とりあえず□□□□(ゼンテイジョウケン)としては、□(マワ)りはどうあれ、□□(カレジシン)はそのような□(タ)ち□□(イチ)に□(ミズカ)らがあることを、□(ココロヨ)く□(オモ)っていないことを□(オボ)えていれば、それでいい。

それでも□(カレ)はそういう□□(タチバ)にある。

□□(ホンニン)が□(ノゾ)むと□(ノゾ)むまいとに□(カカ)わらず。

□□(ホンニン)が□(ネガ)うと□(ネガ)うまいとに□(カカ)わらず。

○　○

どこに行っていいものかわからず、かと言ってこのまま家に帰る気にもならず、四月一日は、鍋の具を一杯に持ったまま、さながら放浪者のようにうろうろした挙句に、先日、芹沢が持ち込んだ厄介ごとを解決する際に訪れた、噴水のある公園へと、辿り着いた。特にこの公園に思うところがあったというわけではなく、いい加減目的もなくぶらぶらすることに疲れたところに、たまたまこの公園があったというだけだ。たまたま——偶然。そんな言葉を迂闊に使ったとき、この世に偶然なんてないと言ってくれるバイト先の店主は、いるべき場所にいなかったのだから、この言葉は、そのままでいいのだろう。鍋の具は鴨肉も含めて生ものばかりだったので、可及的速やかに処置をしなくてはならないのだが、そんなことをするだけの精神的余裕は、このときの四月一日には一切なかった。

　腰掛けに座る。

　前に来たときと同じ位置の、動物の形をあしらった腰掛け。

　公園の腰掛けに一人で座っていると、いかにも誰かを待っているようで貧乏臭く見えるという話を誰かから聞いたことがあったが、そんなことも、今は気にしていられなかった。大体、今の四月一日が、一体誰を待つというのだろうか。

　四月一日は、先ほど見た光景を思い出す。

　百円ショップ。

　小さな価値の集う店――と、あの店主は言っていた。

「……や、わかってた――つーか、そういうこともあるんじゃないかなとは、それとなく、思っていた、んだ、けど……」

　呟く――ぼやく。

　細部に文句をつけるように、ぶつぶつと。

　しかし、もしもこの現状(ゲンジョウ)が、四月一日の考えている通りの現象(ゲンショウ)なのだとしたら、そんな風に文句を言うのは筋違いもいいところだろう。勘繰り、あげつらい、因縁、言い掛かり、いちゃもんをつけているに等しい。誰が相手であっても、誇れるような行為ではない。

　だって。

　もしもそうなら、これは、四月一日君尋本人が、心の底から、望んでいたことなのだから――

　視えなくなればいいのに(ミエナクナレバイイノニ)。

　そう願わない日は、なかったのだ。

　そして四月一日は、その願いを叶えてもらうために――その願いを叶えてもらうためだけに、壱原侑子のあの店で、これまで下働きを続けてきたのだから。

　百円ショップと化していた侑子の店から、この公園に至るまでの一時間半――やはり、一度だって、一匹だって、四月一日はあやかしを視ていない。ここまできてしまったら、結論は一つしかないように思われる。いや、そうではなく、そんなことは、最初に、教室で、あやかしが視えなくなっていると気付いた時点で、思い至っておくべきことだったのではないのか――

即ち。
四月一日は対価を支払い終え。
四月一日君尋の願いは叶い。
四月一日の眼は、あやかしを映さなくなったのだ――
と。

願いが叶う店に、通い続けたのだ。

願いが叶って、当然である。

気分がいいのも、身体が軽いのも、気持ちが軽いのも――全てそれに起因するのだと考えれば、簡単に説明がつく。ついてしまう。単純に『視得ない』というだけではなく、四月一日の身体を流れる血に寄ってくるあやかしが、今は寄って来なくなっているということなのだ。それよりも何よりも、この件に関しては、四月一日にとって、何よりの証左があった。

百目鬼(ドウメキ)静(シズカ)。

隣のクラスの委員長――四月一日は、あやかしを一匹も視ていないという事象について、こともあろうに、彼に相談を持ちかけようとした。残念ながら彼が欠席していたので、その目論見は外れたのだが、しかしそれを残念だと思う時点で、話は恐ろしいほどに不自然なのである――何故なら、四月一日は百目鬼のことが、蛇蝎の如く大嫌いだったのだから。彼に相談を持ちかけるくらいなら、蛇蝎に溢れるプールの中に身を投じた方がマシというのが、四月一日の正直な意見だった。

だった、はずなのに――残念だと思った。

相談を持ちかけようとした。

侑子の話によれば、四月一日が彼のことを嫌いである理由もまた、あやかしであるそうだ。百目鬼静は憑き物落としの末裔であり、彼自身はあやかしを視ることはできないが、先天的に、そして潜在的に、あやかしを祓う能力を備えている――それ故に、四月一日の血を狙うあやかしが、四月一日が百目鬼に近付かないようにと、色々と機略謀略、策を巡らしていたということらしい。百目鬼と対面しているとわけもなく苛々する心持ちになる四月一日だったが、そういう理由があったというなら、納得はできた。納得できたからそれがどうしたというわけではなかったが――

そんな気持ちが、綺麗に消失していた。

当たり前に、彼に相談を持ちかけられるくらい。

「……あやかし、か」

視えなくなったというのなら――それに越したことはない。

嬉しいことではないか。

百目鬼静の顔を見てもいちいち苛つかなくても済むというのなら、それはそれで万々歳だ。全くもって申し分ない。昨日までのことがあるから、そうも容易く、手のひらを返したように態度を改めるというわけにはいかないだろうが、こうして考えてみれば、どうしてあんないい奴を嫌っていたのだろうと思ってしまうくらいだ、これからは彼と親交を深めるのも、悪くないだろう。

素直に喜べばいい。

世界の広さ。

いい景色。

最高じゃないか。

その思いを、その気持ちを誰かと共有できないことなんて、それこそ些細な問題ではないか。それがどうしたというのだ。そんなことは後からのんびりと、暇なときにでも考えればいい、今はまだ、今はただ、素直に喜びさえすればいい――

が、しかし。

それでも、しかし――である。

「いくらなんでも、百円ショップってことはねえだろうよ、侑子さん……洒落が利き過ぎてるでしょうが。まるで悪質な冗談だ。らしいと言えば、らしいけれど」

壱原侑子が――消えた。

店ごと、消えた。

壁ごと、消えた。

綺麗さっぱり、影も形も残さずに――シャボン玉のように。

らしいと言えば――らしいけれど。

「…………」

そう言えば、聞いたことがある。侑子のあの店は、どんな（ドンナ）『願い（ネガイ）』も叶う店（モカナウミセ）――それ故に、願いを持たない者は、その敷地内に這入ることさえもできないと。また侑子さんは面白いことを言っちゃって、なんてそのときは軽く思ったものだったが、あれは冗談やその場の思いつきではなかったのか。こんなことなら、あのときもっと真面目に侑子の話を聞いていればよかった。まさか店ごとなくなってしまうなんて、想定外にもほどがある。

とはいえ、そんなことは実際のところ、あまり関係がないのかもしれない。願いが叶ってしまえば、四月一日には、当然、願いがなくなる——たとえあの店があの場所にあり続けたところで、願いが叶ってしまえば、四月一日がそこへと通い続ける理由がなくなるのだ。目的が果たされてしまうと、あのような、過酷で面倒な割に実入りの少ないバイトを続ける理由など、四月一日にはない。

元々好きで始めたバイトではないのだ。

なりゆきみたいなものだった。

それでも。

「けどさあ……お礼くらい言わせてくれてもいいじゃねえか、侑子さん……」

鍋くらい、食べればいいじゃん。

挨拶もなしかよ。

別れを惜しんで欲しかったわけでも、あの店に未練があったわけでもない——それに、侑子に対して、過度に感情移入していたわけでもない。あの人の冷たさは、身に染みてよく知っている。けれどそれにしたって、もう少し情緒のようなものがあっても、よかったのではないかと思う。

「なーんか女々しいよな、おれって……」

空はこんなに綺麗なのに。

願いは叶ったのに。

どうして、こんなに——

「財布、拾ったんだけど」

今回は——振り向くまでもなかった。

声をかけられたのが、正面からだったからだ。

差し出されたのは、趣味の悪いカラフルな蛇柄の、分厚い財布。それを差し出す背の高い青年同様——それは四月一日にとって、見たことのない財布だった。

いや。

今朝、見ている。

その背の高い青年同様に。

「や、それ……おれのじゃないですけど」

「あ、そう?」

青年は首を傾げる仕草をし、それから、その財布に、緩慢な動作で眼を落とし、「ああ、そうかそうか、なーんだ」と、納得したように頷いた。

そして四月一日を見て、笑顔を作る。

「これは俺の財布だった」

「………………」

「なんつって、本当は俺のじゃねーんだけどな。じゃあ誰のかって？　関係ないだろ、そんなの。興味半分で他人様の事情に首つっこんでんじゃねーよ、馬鹿野郎。死んじまえってんだ、こん畜生」

言って、青年はその財布を大きく振りかぶり、四月一日がまさかと思うほどの隙間もなく、腰掛けのそばにある網状のゴミ箱へと、力強く放り込んだ。青年いわく百五十万円が入っているというその分厚い財布は、相当な勢いで投げ込まれたために、ゴミ箱の中の空き缶群に埋もれ、外からは見えなくなってしまった。

「はーあ。どっこいしょのこらしょっと」

そんな気合の抜けた掛け声と共に、四月一日の隣に腰を下ろす青年。未成年の四月一日を隣に置きながら、当然のように煙草を取り出して、ジッポーで火を点けてから、口に咥える。

普通といえばごく普通の反応だったが、四月一日はそんな青年の態度に、素直に気分を害する。大方、今朝からかってやった高校生が腰掛けで暇そうに座っているのを見かけて、折角だからもう一度からかってやろうと声をかけてきたのだろうが、そんなのを相手にしているような気分では、このときの四月一日はなかった。どう頑張ったところで、季節はずれの変人に取り合っているほど、優しい精神にはなれそうもない。

青年とは眼を合わさないままに、四月一日は黙って、立ち上がろうとする。まだ家に帰る気にはなれないけれど、それでも、強いて、何かを我慢してまでこの公園にい続ける理由はないのだ。

そこに青年は、

「そう焦るんじゃねーよ、四月一日君尋」

と言った。

「……は？」

四月一日は、自然と、自分の眼が細くなるのを感じる。青年の顔を凝視する形になったが、青年の方は、笑顔を作っているだけだった。笑顔を作っている——まさしく、作り笑顔だった。作り笑顔以外の何でもない。

それに、この青年の眼。

なんだか——気持ち悪い。

「おれ……あなたに名乗りましたっけ？」

「名乗る？　おいおい、お前は名乗る必要のない存在だろうがよ。生まれながらにして名札ぶらさげて歩いてるみてーなもんなんだぜ、全く。自分がどれくらいの有名人かくらい、自覚しとけっつーの。一般人気取りかよ。嫌味な奴だ」

「……………」

いつだったか、似たようなことを言われた記憶はある……ただし、そのときの相手は、人間ではなく、あやかしだった。この青年は、どれほど奇妙に見えても——これほど気持ちの悪い眼をしていても、あやかしではなく、人間であるはずだ。

「それとも、四月一日って、俺からなれなれしげに呼ばれるのが嫌だってことかい？　嫌われたもんだなあ。でもしょうがねーか。俺、どうも初対面の人間からは嫌われるらしーんだわ」

初対面の人間から嫌われるというのは、人間としてかなり致命的なのではと思うが、しかしそんな些細な部分にいちいちかかずらわってはいられないほどに、緩くも温くもない状況ではあった。

「しかし、いい名前だよなあ、四月一日って。四月一日。わたぬき、わたぬき、わたぬき」

「いい名前って……ただの難読姓ですよ」

「そうかい？　しかし、君尋ってのもなかなかどうして、いいじゃないか。君（キミ）に尋（タズ）ねるその名前——一体何を尋ねるってんだろうねえ、ん？　四月一日。はっ。ふざけんじゃねーってえの」

「……ちなみに、あなたの名前は？」

無駄だと思いながら、駄目元で、そう訊いた。この手の段取りで、この手の人間が素直に本名を名乗るわけがない。名前を知られることは、魂の端をつかまれるようなもの——だからだ。だから、この質問は、四月一日にとっては時間稼ぎ以外の要素を、ほとんど含んでいなかったのだが、

「俺の名前？」

と、青年は開けっぴろげな風に、何の抵抗も摩擦もなく、軽快に言った。

「俺は化町婆娑羅（バケマチバサラ）だ」

「……………」

「口さがない友達は偉人と呼ぶが、別に何と呼んでもら

って も構わねえ。職業は物理学者。身長188センチ、体重77kg、見ての通り、長身痩軀のかっけーお兄さんだっつーの。性格は他人に対して攻撃的で最悪だが、たまに可愛い面を覗かせるから、見逃さないよう注意しな。十一月十一日生まれ、星座は蠍座、血液型はO型だ。家族はいねえ、天涯孤独だ。視力は左右ともに、4・0——ああ、なんだ？　四月一日。てめえ、人が自己紹介してやってるってのに、何、鳩が豆鉄砲食らったみてえな面してんだよ」

「いや……その、訊いておいてなんですけど、まさか名乗ってもらえるとは、思いませんでしたから」

「はっ。名前を偽るのは小心者のすることだ」

吐き捨てるように、そんなことを言う。

それは——確かに、その通りだけど。

しかし、そういう問題でもない。

「……おれに」

意を決して、四月一日は言った。

いずれにしても、このままでは埒があかない。四月一日の名前を知っていたことから、このちゃらちゃらした青年、自称物理学者の化町婆娑羅が、ただの季節外れの変人ではないことは確かなようだったが——それでも、心の整理がついていない今の状況で、相手をしたい相手でないことは、変わらない。

先ほど化町が言った通りに、それは焦りなのかもしれなかったが——何かあるとするなら早めにけりをつけたいというのが、四月一日の率直な気持ちだった。

「おれに——何か用なんですか」

「用だぜ、馬ー鹿」

化町は言った。

「お前、すげー眼ェ、持ってるらしいじゃねえの」

有名人——と言われたのだ。

化町がそれを知っていたところで、今更、おかしくはない。いやむしろ、ここまで来れば、化町がそれを知らない方が異様だとすら言えるだろう。どうしてそれを知っているのかなど、ここまで来ればどうでもいいような問題だ。

だが、しかし。

「あなたが誰だか知らないっすけど……それでも、他人が思い悩んでることを、すげえとか言うもんじゃないっすよ」

そう言わざるを得なかった。

四月一日にとって、それは世界に数多ある台詞の中で、最も言われたくない台詞だったと言っていい――見えざるものが視得る四月一日は、自分の両眼を、プラスに捉えたことなど一度もないのだ。他人の欠点を積極的に肯定することを萌えと言う――なんて、この前、侑子が嘯いていたが、しかし、言う方はそれでいいのだろうが、言われる方はたまったものではない。中途半端に膿んだ傷口を面白がられ、執拗に弄繰り回されているようなものである。

「すげえもんはすげえんだから、どうしようもねえじゃねえか、四月一日。ええ？　あやかしが視得るっつーんだろ？　それがすごくなくて何がすごいってんだ。それが才能でなくて何が才能だってんだ？　ああ？　遠回しな自慢のつもりか？　だとしたら顔に似合わず趣味の悪い野郎だな、お前」

そんな四月一日の意志などには、まるで構うことなく、化町は絡むようなねちっこい口調で、そんな風に言う。

「才能って……そんなことを言われても」

「なんでその才能を世界のために使わない？　なんでその才能を世界のために使おうとしない？　そりゃお前、怠慢ってもんじゃねえのかい？」

「……勝手なこと、言わないでくださいよ。おれが――おれがこの眼の所為で、どれほど辛い思いをしてきたかなんて、想像もつかない癖に」

「天才の泣き言なんて聞きたかないなあ」

四月一日の言葉を、ただただせせら笑うような物言いだったが――しかし化町は、全く笑っていなかった。逆にそれは、四月一日に対し、怒っているような表情の形だった。

「本当に、嫌味なんだっつーの。嫌味っつーよりは、もう苦味だよな。謙虚な態度が美徳になると思ってるなら、それは最低のセンスだぜ、四月一日。人生において謙虚さ加減が優遇されるのは、凡人に限っての話だ。才能を乗りこなすことができねえのは、どう考えてもお前の責任じゃねえかよ。自己憐憫も自己弁護も大いに結構だが、それを他人に向けて言うもんじゃねえ。才能を持つ者が才能を持たざる者に対して出来ることは、謙虚な態度なんかじゃねえだろうが。そんなんじゃねえ。力を持つ者が力を持たない者の振りをしても、周りのもんはただただ鬱陶しいだけなんだよ」

「おれは、別に――」

「青臭いことを言う奴は嫌いだし、青臭いことを言い訳にする奴はもっと嫌いだぜ。お前、自分と向き合ってないだけじゃねえか」

「…………」

どうしてこんな、見も知らぬ、さきほど会ったばかりの変な男に、そこまで言われなくちゃならないのか――と、思うだけだった。それ以外の形では、化町の言葉は、四月一日の心には響かない。いや、理屈はわかるし、言いたいこともわかる。だがそれでも、正しい間違っている以前の問題で――自分の眼について、そんな風に言われることは、我慢ならなかった。

「おれの眼が、すごかったとして……だったら何だっつーんですか。そんなの、あなたには何の関係もないでしょう？」

「あー？　お前こそ、他人のこと、関係ないとか言ってんじゃねえよ。生きてる癖に、関係ないってことはないだろう。生きてるってだけで、人間、他人の事情に、取り返しがつかないくらい、首を突っ込んじまってんだからよ。あん？　ついさっき逆のことを言ってたって？　もう忘れたよ、そんなこと。……別に。だったら、俺の仲間(ナカマ)になってくれねえかと、思ってるだけさ」

「仲間(ナカマ)？」

「ああ。友達や恋人と違って、仲間ってのは自分の意志だけで作れるもんじゃねえから、貴重だよなあ。お互い以外の、同じ方向を向いていなくちゃいけない。そして対等な才能が不可欠だ」

「対等――」

仲間……。

それは、化町には、恐ろしいほど似つかわしくない響きの、言葉だった。どころか、化町は真逆、仲間意識などというものには生来縁のない、そんなものは生まれてこの方持ったことがなさそうな人間に見える。

しかし、それなのに――

化町は、その言葉を、ごく自然に、口にした。

「眼球地球論、という」

そして化町は言った。

「俺が――いや、俺達が提唱している理論だ。極論すれば、眼球こそが世界である(ガンキュウコソガセカイデアル)という思想に基づいた、これまで、歴史上で誰一人、発想したことすらないだろう新理論。もしも四月一日が俺の仲間になってくれるというのなら、四月一日のその貴重な眼は、この論の積極的なサンプル、有効な一例として、取り上げられることになる」

「眼球……地球論？」

「そう、牢記しな」

「……要は、おれの眼を、何かに利用しようってことっすか？　だったら、えっと、化町……さん、化町さん、お生憎様、ですよ。それがどういう理論なのか知りませんし、はっきり言って興味もありませんが、一歩遅かったって感じですかね。残念でした、昨日までならともかく、おれの眼は、もう——あやかしを映しません」

四月一日は言った。

映さない——視えない。

この公園内のどこを見たところで、一匹のあやかしだって、四月一日には視えない——見えるのは、自分にねちねちと絡み続ける、正体不明の青年だけだ。

「おれの眼は、もう——」

「おいおい、随分とまあ、おめでたい頭脳だな。お前、自分の都合のいいようにしか、世界を理解できないのか？　その眼鏡の下にある眼球が、どれほどの世界を背負っているのか、考えたことがねえのかよ。なんでそれほどの世界が、いきなり消えてなくなっちゃうんだっつーの。今まで視得てたものが視得なくなる理由なんて、一個も見つからないだろうが」

「で、でも——おれは」

実際に視得ないのだ。何も知らない癖に勝手なことを言う。化町は煙草をぷっと吐き出して、地面に落とし、ぐりぐりと踏み消した。ポイ捨て禁止の環境保護的精神など、彼の中にはないらしい。

「壱原侑子かよ？」

「え……？」

当然のように化町はその名を出してきたが——さすがに、それに対しては、四月一日は驚きを禁じ得ない。この男……さてはひょっとして、侑子の知り合いなのか？　だとすれば、妙に意地悪い化町のその態度も、わからなくもない——

「あの人のこと——知ってるんですか」

「はあ？　あの人？　悪いが俺達は壱原のことを人間と

しては定義していない。どころか、生命としてすら定義していない。俺達は壱原侑子のことを、あの黒い壁に囲まれた店舗ごと含めた群体としてとらえ、外形概念、あるいは他流形態と呼んでいる」

「…………」

知ってはいる——ようだが。

好意的な態度とは、とても、それは、言いがたい。

「四月一日、お前は随分と壱原のことを信用しちまっているようだが——だとしたら、ぬか喜びさせちまったな。悪い悪い。あやかしが視得ないって話だったな？　それが壱原侑子のお陰だと、お前は思ってるんだろ？」

「……違うっていうんですか」

「違うね」

化町はあっさりと言った。

「むしろ、それは俺のお陰だぜ」

「はあ……？　なんであなたのお陰なんですか——あなたがおれに、何をしてくれたって」

「んなもん、俺もまた、瞳術（ドウジュツ）の使い手だからに決まってんだろうが、馬鹿野郎」

「瞳術……？」

「異色眼（イショクガン）を持たない人間が、眼球地球論なんてぶち上げられるわけがねえだろ。こんなもん、自覚しねえことには始まらないんだから。ちっとは脳味噌回転させろよ、四月一日。それともまさか、悲劇の主人公は自分だけだとでも思ってたのか？」

四月一日は——その言葉に、思わず、化町の目を、見てしまう。眼——眼球、瞳。ここで初めて、はっきりと化町と眼が合うことになったのだが——すぐに眼を逸らしたくなった。

後悔だった。

何と言う——異様な眼をした男なのだろう。

気持ち悪い——どころではない。

「じゃあ、あなたも——化町さんも、あやかしが視得るってことなんですか」

「ああ。異色眼の中でも、四月一日がいうところの、あやかしを視通す眼のことを、見鬼（ケンキ）の眼という。もっとも、俺に視得るのは、あやかしだけじゃない——まるで同じように、まやかしが視得る」

「まやかし——」

「あやかし（アヤカシ）と、まやかし（マヤカシ）だ」

ぎょろり——と、化町は目を見開いた。

四月一日の顔に、別の何かを見るように。

「こちらの右眼であやかしを視て——こちらの左眼でまやかしを視る。四月一日の眼はすげえが、俺の眼はもっとすげえってことさ。けどな、四月一日、俺にお前以上のものが視得ることは、あんまり関係ない。単に異色眼としてのステージがワンランク上ってだけで、同じ眼であることには違いねえんだからな。ここで重要なのは、俺はそれ以上に、この見鬼の眼の、その使い方を心得ているということだ。あやかしとまやかしが視得る自分の瞳を、完全に使いこなしている。言うなら、俺は生きながらにして死んでるようなものだ、人間でありながらあやかしであるようなものだ——言うなら俺は化物みてーなものだからな。俺が来れば、あやかしの方から勝手に避けて、道を開けるのさ」

「あやかしが——避ける？」

馬鹿な、そんなことがあるわけ——いや、違う。あるわけないなんてことはない、現に、その実例を四月一日は知っているではないか。隣のクラスの委員長——百目鬼静。憑き物落としの末裔である彼は、あやかしが視えない身体でありながらにして、その身体を流れる血脈の効果で、あやかしを自分のそばに決して寄せ付けない——あやかしにだって、危機回避、危機探査の本能があることの、それは証左ではないか。四月一日の眼が、四月一日の血があやかしを寄せ付けるのと、同じ根源を持ちながらにして全く逆の理屈で——

だとすれば、四月一日が、今朝から一匹のあやかしも視ていないのは、四月一日の両眼があやかしを映さなくなったからではなく——

「あなたが——いるから」

「そう。俺がいるから」

化町は新しい煙草を取り出しながら、ことのついでのような口振りで、言った。

「蜘蛛の子ちらすように、さ。敏感な奴なら、人間だって、本能的に無意識に、俺のことは避けるぜ。あやかしに限らず、俺にはまやかしさえも視得ちまうからな。後ろぐらいところのある奴だったら、尚更さ。言ったろう？　俺は初対面の人間には嫌われるって——な」

「人間だって——」

そう言えば——と、四月一日は思い出す。欠席者だらけの、がらんとした教室。皆勤賞候補の九軒ひまわりや、それこそ百目鬼静ですらも、今日に限っては、学校を休んでいた。それもまた——この化町の所為だと言うのか。

「誰より何より嫌われ者、それがこの俺、化町婆娑羅さ。俺がふらっと立ち寄っただけで、街一つがこの有様。これが瞳術の正しい使い方だっつーの、四月一日」

「…………」

百目鬼のあやかしをよせつけない体質も相当なものだが——さすがに街一つとくれば、とてもじゃないが、較べるべくもない。それが本当だとすれば、それは桁外れの眼だった。

それこそ——まやかしめいている。

「しかし、見鬼の眼を持つはずの、敏感さにかけてはスタートラインが他とは違うお前が、こうして俺と話せているいること——それが逆に、お前が瞳術を使いこなせていない明確な証拠だぜ。今のお前は、生まれついての天賦の才に乗っかってるだけの、怠慢野郎だ」

「おれは……」

言葉に迷う——何を言っていいのかわからない。

眼を持つ者。

自分以外にも——眼を持つ者が、いただなんて。

いくら四月一日の眼にあやかしが視得るとは言っても、そこにあやかしが存在しなければ、視得るわけもない。あやかしそのものを向こうの方から、離れさせてしまうほどの眼——瞳術。いや、化町の話からすれば、四月一日の両眼もまた、使いこなせば、そこまでに至るというのか——しかし。

「おれは、別に、こんな眼が、欲しかったわけじゃない——」

「ざっけんじゃねえよ。欲しいものしか持ってねえみたいなめた人生送ってる奴なんざ、世界にいるわけがねえだろ。お前は欲しいものしかいらねえってのか？　大抵の奴は、欲しくもないもん持って、欲しいもんが手に入らずに、それでももがいて生きてんだろうが。そこに関して、お前と、その辺の奴らと、一体どんな差があるってんだよ」

「でも、おれは——」

「どれほどの迂遠な経緯を繰り返して、その眼がそこに成立してると思ってんだ。どれほどの軌跡だったと思ってる——どれほどの奇跡だと思ってる。その眼をお前が受け継いだことに、理由がないとでも思ってんのか？　それなのに、壱原にお願いして、その眼球を捨てようってか。親からの授かりもんに、傷をつけようってか。そんなの、お前、情けないとは思わねえのか？　お前にはプライドってもんがねえのかよ。大金手にして怖くなって、ドブん中に捨てちまうようなセコさだよな。臆病もいいところだぜ」

　ゴミ箱に捨てられた財布。

　踏みにじられた煙草。

「宝籤を換金しねえ、臆病者だ」

「あ、あなたに何が……分かるって……化町さん、あなたに何がわかるって言うんですか」

　声が震える。

　動揺からではなく——それもあるが、それだけではなく、それ以上に——化町に対する、怒りから。

「お、おれが、一体、これまでどんな思いで……おれは——ずっと、この眼を、我慢してきて——」

「我慢？　どうして克服しようとしない」

　化町は、しかし、四月一日を蔑むように言った。

　蔑み、哀れむように。

「それが本音なら、お前は臆病者である以上に卑怯者だ。聞こえのいい言葉で、事実を誤魔化している。現実から眼を逸らしている。何故背負わない。それは、お前の荷物だろう」

「だ、だからおれは——侑子さんに！」

　侑子さん——

　そうだ、侑子はどうした？　九軒や百目鬼が、この化町の来訪によって、まやかしを見通すという左眼によって、姿をくらましたというのは、まだわかる——しかし、侑子までも、店ごと姿を消したのは、一体どういうことだ？　あの店主は、九軒や百目鬼などの一般人とは、各方面に対し、明らかに一線を画しているというのに。それとも、この化町の眼は、そこまでの力を所有しているというのか——壱原侑子を、凌駕するほどに。いや、違う、そうじゃない、この化町は、侑子のことを人間とは定義していない——ならば。

　ならば、何故。

「壱原か。かっ、俺が一番気に食わないのはそこなんだよな——なに人任せにしてんだよ、四月一日。そりゃあお前の眼だろうが。お前の眼は節穴じゃなくて、お前の眼だろうが。どうしてその解決を、他人に委ねる？　そりゃ、才能が重くて捨てるんなら捨てればいいって考え方もあるだろうさ——考え方はそれぞれだ。だが、捨てるんなら、どうして自分で捨てない？　ゴミ捨ての手間まで、他人の責任かよ」

「そんなことは言ってない——言ってないこと、勝手に言ったことにしないでくださいよ……おれは、だからこそ、侑子さんに、対価を支払って——それで、願いを、叶えてもらおうと——」

「対価ァ？　その脇に置いてある鍋の具が対価か。そんな下働きがお前の対価なのか？　情けないとは思わないのか、恥を知れよ。奴隷みたいにこき使われて、それであやかしが視得なくなったら、それでお前は満足か？　それともいい加減飼いならされちまって、そんなことを感じる感性すら、とろとろに溶けちまってんのか？　え、どうなんだよ、四月一日。お前は一体なんで、壱原のことをそこまで信用しちまってんだ。あいつがお前に何をしてくれたって言うんだよ」

「おれは……侑子さんに、窮地を何度も助けられてんですよ！　そりゃ、その度に、対価を請求されてはいるけど、あの人は——」

「どうでもいいけど、四月一日、壱原のことを『あの人』とか言うのは勘弁してくれよ。壱原を人間と定義することがお前の基準だったら、お前と俺とは一生相容れないぜ。『人任せ』、『他人任せ』とは言っても、壱原は人間じゃねえんだから、尚タチが悪い。けっ、いちいちこんなこと言わせんじゃねえよ、面倒臭い。あ、なんだって？　窮地を何度も助けられてるって？　暢気な馬鹿言ってねえで、ちっとは頭回転させてみろよ。その窮地ってのは、壱原がいなかったら、そもそも陥らなかった窮地じゃねえのか？」

「そ、それは……」

そういう言い方をされれば——確かにそうだけれど。

その通りだけど。

「壱原侑子に出会うまでの十数年間と、壱原侑子と出会ってからの一年足らず——お前にとって、どっちの方が異常(イジョウ)だった？　そりゃ、願いを人任せにしたことで、お前の気負いは、幾らか楽になっただろうけどな——自分で考えるのをやめちまえば、そりゃ楽にはなるだろうよ。まやかしの希望を見せられて、絶望の試練からは逃れられたかもしれないけれど、な」

「………」

まやかしの――希望。

「だが、お前は思わないのか？　自分は壱原に、いいように利用されているだけだって。自分は壱原に、いいように使用されているだけだって。生まれついての見鬼の眼を、ただ一方的に、搾取されているだけだって」

「搾取だなんて……そんなこと」

「お前の眼はお前のもんなんだぞ。お前の眼を使う奴はお前しかいねえんだぞ。それをどうして他人に貸し与える？　壱原がそこまでのことを、お前にしてくれたか？　けなげに下働きを続けたところで、お前の眼は一向に改善しねえじゃねえか。どんな優秀な才能を持っていたところで、自分で考える意欲を放棄しちまった人間は、一生他人の飼い犬だぜ。わんわんきゃううんってかぁ？　そんなに壱原のことが大好きなんだったら、とっとと首輪でもつけてもらってろよ。近所を散歩させてもらって尻尾振ってろ、馬鹿」

「くっ……」

好き勝手なことを。どうしてこんな言いたい放題言われなくてはならない――たとえ化町の言っていることに、どれだけの理があったとしても、だからと言って、化町に対して、迷惑をかけたわけでもないだろう。どうして化町婆娑羅は――まるで自分のことのように、四月一日君尋を、そうも責め立てるのだ。

何の恨みがあるという。

「だったら、おれに、どうしろってんですか」

その重い雰囲気に堪えきれず、四月一日は言った。

「おれの気持ちにもなってくださいよ。侑子さんを頼るしかなかった、このおれの気持ちにもね。おれだって別に、侑子さんが善意の人だなんて思ってないし、あれだけ傍若無人にこき使われりゃ、腹も立ちますよ。バイトを辞めようと思ったことも、一度や二度じゃありません。でも、それでも、結局は、おれはあの人を頼るしかなかったんですから――」

「それは負け犬の考え方だ」

途端に化町は声を鋭くし、四月一日の言葉を中途で遮った。

「言ったはずだぜ？　俺は天才の泣き言なんざ聞きたく

ないんだよ。お前に不精は許されない。同じ見鬼の眼を持つ者として恥ずかしいぜ。いいか四月一日、選択肢はいつだって無限にあったはずなんだ。お前がどういう気持ちだったかなんか一切合財関係ない。少なくとも、俺だったら、何をどうまかり間違えても、壱原だけは頼らねえよ。いや、壱原だけじゃない——誰も頼らないな。自分のことは、自分で決める。普通のことだ、特に偉かねえ」

「だったら——」

四月一日は、苦し紛れに、同じ台詞を、繰り返す。

「——おれに、どうしろってんですか」

「眼球地球論の証明に、協力しな」

化町は待ってましたとばかりに、即答した。

「無論、下働きとしてでも奴隷としてでもない——同じ異色眼を持つ、仲間としてだ。対等な才能を持つ、仲間としてだ。さっきお前は、俺に対して、自分の眼を何かに利用するつもりか——と訊いたが、俺は壱原と違って、そんなことをするつもりはない。利用もしねえし、使用もしねえ。そんなことをする必要がないからな。異色眼なら、俺は既に、自分の才能を持っている。厳密には同じ資質の異色眼は存在しないから、パターンが多いに越したことはないが、俺がしたいのは立論であって反駁ではない」

あやかしと共にまやかしを見通すという、その見鬼の眼で——四月一日の両眼を、射抜くようにして。

「捨てるんじゃねえ、使いこなすんだ。四月一日、その術をお前は、俺から盗めばいい。眼球地球論は、お前にとっても有益なはずだ——少なくとも、壱原の下でおさんどんやってるよりは、ずっとマシなはずだぜ。眼球地球論はあやかしを避けるためのノウハウを、お前に教えてくれるだろう——あやかしを避けるっつうより、あやかしの方から避けていくんだけどな。見鬼の眼の瞳術は、強力だぜ。俺がこの街に来たお陰で、今日一日、随分気持ちよく過ごせただろう？　それが自分の力でできるようになるんだぜ。……ウゼえ連中とも、付き合わなくてよくなるしなあ」

「ウゼえ連中？」

「人間も避ける、とも言ったろう？」

作り笑いを——化町は晒す。

どうしてこの化町はこうも、無理矢理に笑おうとするのだろう――と、四月一日は、脈絡もなく、ふと、思った。笑えないのなら、笑う必要なんかないだろうに……それはさながら、人間の真似事をしているようじゃないか。

　涙を流す動物はいくらでもいるが。

　笑う動物は人間しかいない。

「才能ってのは権利じゃなくて義務だと俺は思うんだよなあ――使用しないできなきな溜め込む箪笥預金は、原則的に犯罪だと思う。それもセコい犯罪さ。努力もせずに手に入れたもんを使わないってのは、世界をなめてるとしか言いようがねえぜ。お前馬鹿じゃないのか？　ええ？　ここまで言ってやってもまだ気付かないのか？　壱原に助けてもらったっつう壱原の所為で陥った窮地にしたって、お前がその眼を使いこなせれば、簡単に脱せていたことがわからねえのか？　……お前がその眼を使えてさえいれば――これまで、一体どれほどの人間が、助かっていたんだよ」

「そんな――」

「そいつらが助からなかったのは、お前の所為だ」

　化町は厳しい口調で言った。


「世界には、自分しかいねえんだぜ？　自分の他には、あやかしとまやかしがいるだけだ。だから――」

「…………」

「――責任は自分で取るしか、ねえんだよ」

　責任。

　自分の眼の――責任。

　見えるのは――視得る所為。

「さっきから言ってる……その」

　呼吸が苦しい。

　くらくらする。

　くらくら――目眩がする。

　今自分は――誰と何を話しているのだろう。

「眼球地球論って――何なんですか」

「うん？　少しは興味が出てきたか？　それとも、話の矛先を逸らしたかったか。まあどっちでもいいや。ホワイトボードもなければ模型もないこの状況じゃ、説明するのに無理があるな――四月一日に物理学の素養があるとは思えねえし。お前、理系みてーな面してっけど、絶対文系だろ？　さっきから話してるとわかるぜ――喋り方に、筋を通そうとしてるもんな。理論だけで物事考えようとしてる奴の、典型だよ。いいこと教えてやる——理論じゃ論理は形成できねえ。必要なのは、理論じゃなくて、感情論だ。これは理系の基本だぜ」

　もっと滅茶苦茶なこと言ってみな。

　化町はそう言って、そこで一呼吸置く。

「まあ、さっきも言ったよう、眼球地球論ってのは、眼球こそが世界である（ガンキュウコソガセカイデアル）ってえ、壮大な仮説なのさ。そう理解してもらうのが一番簡単だ。というより、それでおしまいなんだ、それが最終目的であり、それより先はない。そこに到達するまでの道程を、論理立てて説明するために、俺やお前みてーな、瞳術使いを必要としているだけだ」

「…………」

　眼球こそが——世界。

「世界というより、これは世界観なんだけどな。まあ、馬鹿にもわかるように専門用語抜きで説明すると——俺が気に入ってるたとえ話があるんだが、異色眼を持つ者にはそのたとえ話だと、逆に分かりづらいかもしれねえな。まあいいや、お友達のケースとかを想定して、ちょっとたとえ話を聞いてくれよ。四月一日は、そんなところにそんなものがあるはずがないのに、空中に、ちょっとした糸くずみたいなのが、見えることってねえか？」

「あ……ありますけど。あの、眼で追おうとすると、どんどん逸れていって、しまいには消えてしまう、あの——」

「そうそう。あずまんが大王でいっぺんネタになってた、あれな。ちなみに、俺はあの漫画の中じゃ、神楽が一番好きなんだけど、四月一日、お前、誰が好きよ？」

「話を続けてください」

「答えないと続けねえ」

「……じゃあ、えっと、榊さんで」

「じゃあ？　えっと？　お前なあ、そんないつでも取替えがききそうな感じで、好きとか嫌いとか言ってんじゃねえよ。榊さんになにかあったらちよちゃんに転ぼうって腹積もりが見え見えじゃねえか。馬鹿の癖に、俺のことを馬鹿にしてんじゃねえのか？　馬鹿に馬鹿にされたら、誰よりも馬鹿ってことになっちまうじゃねえか。じゃあとかえっととか、そういう態度一つに、お前の臆病さが滲み出てるっつーんだ。まあいいさ。あれってよ、眼ェ瞑ってても、見えるんだよな。何でだと思う？」

「確か……あれは、硝子体の歪みだって、聞いたことがあります。硝子体だったか、水晶体だったか。光を受容して生じて見えている物体じゃなくて、眼球の中にある影が、網膜に投影されているんだって――実際に空中になにかがあるわけじゃなくて、眼の中にあるものが、見えているだけで……」

「そう、それそれ。知ってるなら話が早いさ――異色眼の持ち主のほとんどは、通常とは違うフェイズの視力を持っているからな。この話が通じないことが多いのよ」

「話が早いといわれても――おれには、話が一向に見えてこないんですけれど」

「話が見えないって？　いいねえ、その言葉――『話（ハナシ）が見えない（ガミエナイ）』。すぐに見えるようにしてやるさ。四月一日、俺達には眼球の中にある物体が見えるんだ。だとすれば――今お前が見ているこの世界が眼球の中の風景である、と考えることもまた、可能だとは思わねえか？」

「…………っ！」

「それが眼球地球論だ、馬ー鹿」

見えているんじゃなく――ある。

世界は外側ではなく――内側にこそある。

光が――屈折している。

「まあ、理解した気分になってもらうために、かなり乱暴な物言いになっちまってんだけどな。空中に見える糸くずとは、本当は全然違うもんだし。だが、感覚的にはそれでいい。お前の眼窩にはお前の世界が、そして俺の眼の中には俺の世界が――それぞれ納められている。眼球に、世界を含んでいる。知ってるか？　人間は五感の中で、視覚に最も頼っているんだ。世界の九割までを、視力に頼って認識している。だったら、眼球をニアリーイコールで、世界と直接接続させてしまっても、間違いじゃねえだろうが。つまり――眼球の数だけ世界はある」

世界。

世界がいくつもあることは――四月一日は、既に侑子から教えられ……見せつけられている。

「で、でも――それじゃあ」

「質問する振りをして逃げようとするなよ、四月一日。このチキン野郎。もうわかってるはずだぜ、だとすれば――どうしてお前にだけ、他の人間には見えないあやかしが視得るのか、説明がつくだろうがよ。お前が視ている世界は他の人間が見ている世界とは少しばかりズレてるんだ——そこにパララックスがあるんだ。パララックス、つまり視差。他人と同様に、お前は他人とは違う世界を見ているんだ。あやかしが存在する世界を、お前は視ている」

あやかしは。

お前の眼球の中にいるんだよ——

「——だから、お前には、視えっぱなしだ」

「…………」

「同じように俺は、あやかしとまやかしが混在した世界を、眼球の中に持っている——だからそういう風に、世界が見える。同じ異色眼、見鬼の眼を持つ化町婆娑羅と四月一日君尋ですら、見えている世界が違うんだよ」

四月一日が、自分の眼に関して、最も苦労し、最も苦悩したのは——あやかしのことではない。自分に見えているあやかしが、他人には一切見えていないということこそが——最も辛かった。

自分は他人とは違う。

それは、恐るべき劣等感だった。

今日抱いた気持ちも、それと同じ——

ただの空を見て、感動してしまっている自分——

何も共通しておらず。

何も共有していない。

しかし、眼球地球論では、それはごく当たり前のことであり、四月一日だけでなく、誰もが誰とも、共通も共有もしていないということに——なってしまうではないか。

「今、四月一日が視ている俺は、四月一日の眼球の中にいる俺であって、ここにいる俺じゃない。同じように、俺が視ている四月一日は、そこにいる四月一日じゃなく、俺の眼球の中にいる四月一日だ——世界を共有してはいない。確立しているのは、それぞれの世界観、それだけだ」

「で、でも、それじゃあ——そんなのって」

『色眼鏡を掛ける』って奴さ、馬鹿野郎。普通とは違うものが視得ている俺やお前のような存在が、それを立証する。生きた証拠、生き見本だ。世界が一つではなく、人間の数だけ——否、機能としての眼球を所有する生物の数だけ存在することを、示している。そうだろう？

実際よお、お前、四月一日、おかしいと思ったことがねえのか——いや、ないわけがないよなあ。物心つく前からそんな眼で生きてきたってんだから——」

化町婆娑羅は、挑発するように言った。

「——こんな世界は狂ってるって、思ったことは、あるはずだ」

「……う、うう」

ない——わけがない。

四月一日はこれまで——生きてきたのだから。

「じゃあ、あやかしっていうのは……」

震える声で、四月一日は問う。

動揺でも、怒りでもなく。

恐怖で——声が震えている。

「あやかしっていうのは——もしかして」

「お前の眼球の中の世界にこそ、いるものだっつーの。狂ってるのは世界じゃなくてお前の眼だ。だからこそ——お前が瞳術の使い方を理解すれば、お前の問題は解決する。俺が、俺の問題を解決したようにな。お前自身の問題なんだから、それが当然だ。俺にできることが、お前にできないわけがないだろう。実際、お前を見てると、昔の自分を見ているようで、苛々するんだよ、馬鹿。ええ？　それとも、お前、全部人任せで、他人に迷惑かけながら、こんなはずじゃなかったとか、僕ちゃんの所為じゃありませんとか言いながら、眼の中の世界を否定しながら、生きていくつもりなのかよ？　一生下働きか。生涯奴隷か。ずーっと責任転嫁か。大事なことは全部誰かに決めてもらって、何があっても他人の所為か。悪いのは全部他人か。お前は一度も悪いことをしたことがないのか。お前の眼の所為で本当に迷惑してんのは、お前じゃなくて他の連中なんだぜ？　お前が苦しいときにお前を助けるのはいつも他人で、他人が苦しいときに、お前は何もしねえんだな」

そんな人間なら死んじまえっつーの、と——化町は毒づく。四月一日にという風ではなく——だからと言って誰に対してという風でもなく、敢えて言うなら、自分の眼球に対して、そうしているようだった。

世界に対して。

「お前さ、土下座したことあるか？」

「…………」

「すげーぜ、あれ……謝罪の土下座でも、懇願の土下座でも、どっちでもすげえ。内側からな、魂みてえなもんが、すぅっと抜けていくのが、わかるんだ……それが魂なのか衿持なのか、それはわからない。けどな、それが、とても大事なものであることだけははっきりとわかる――四月一日、お前の中に、そういう何かはあるのか？　失敗したら、土下座したとき、なくなるものがあるのか？　失敗したら、敗れるだけか。失うものは、ないってのか？　あるんだったら――人任せはもうやめろ。壱原なんかに関わってんじゃねえ、あいつに頼るのは、心の弱さだと思い知れ。いつまで言われるがままなんだよ。あいつは人間の心の弱さに付け込む――人間の心の弱さを食い物にする怪物だぜ。既にいくらか、食われちまってることに、気付かないのか？」

「食われて――」

それは――正当な対価。

何かを得たら何かを失う。

何かを失えば何かを得る。

「正当な対価なんて、都合のいい理屈に惑わされてんじゃねえよ、馬鹿野郎。この世に等しいものなんて、左右の眼球以外にあるわけがねえだろうが。不公平を是正しようというところから、不平等が生じるということを思い知れ」

「不平等……」

公平なものなんて――ない。

取替えのきくものなどない。

同じ気持ちも、同じ世界もない。

「お前を助けられるのは、お前しかいねえんだぜ？」

願い。

自分の願い。

四月一日君尋の願い――

ふと、思う。

どうしておれは――自分の願いを、自分自身の進退にかかわる大切な願いを、侑子さんに負託してしまっているのだろう――

おれの願いを。

どうして侑子さんが叶えるんだ？

「眼球地球論は、既存の物理法則を半分ほど否定しちまうから、部外者には漏らせない機密が多くてな。論文書いたら、その大半は黒塗りにして潰さなくちゃならない。俺の権限の問題もあるから、現時点でお前に話せるのはここまでだ。いや、今のだけでも、結構喋り過ぎちまったようなもんだぜ。もう少し詳しく論を紐解けば、四月一日がなりふり構わずに飛びついてくるだろうことは確実なんだが、そこまですると、お前の意志で決めたとは言い難くなっちまう。俺は壱原とは違う、強制も脅迫もしねえ。だから、俺がお前に提供できる判断材料はここまでだ。決めちまいな、四月一日」

「決めちまいなって……」

「眼球地球論の証明に、協力するかどうか、だ」

化町は言う。

「共通も共有もなくとも――協力するのが、仲間ってもんだろ。まあ、でも、こりゃすぐに決められるような話じゃねえだろ。後々の人生に関わる話だからな。俺はしばらくこの街に逗留する予定だからよ――四月一日、一週間後、また会おうぜ。この公園の、この腰掛けで。返事はそのときでいい。あやかしの視得ない世界の中で七日間生きてみて――それで、ゆっくり考えな」

そして――

化町はゆっくりと、席を立った。

すっかり短くなった二本目の煙草を、一本目同様に地面に吐き出し、燻っているその火を、ぐりぐりと踏み消す。

「じゃあ、あばよ、四月一日。また来週」

「いえ――化町さん」

四月一日は、そんな風に別れの言葉を口にした化町に対して、座ったままの姿勢で、彼を引き止める言葉を、口にした。

「来週を待つ必要はありません」

「あん？」

「即答しますから」

化町の反応を待たずに――続ける四月一日。

「僕はあなたには、協力しません」

「……ふうん」

化町はそんな四月一日を――流し目で見る。

作り笑いの――表情で。

「理由を聞いてもいいか？」

「おれの同級生に……百目鬼静っていう、漬物石の孫がいるんですけど……、そいつは体質的に、あやかしを寄せ付けないってんですよ」

「？　ああ。まあ、中々面白い世界を、眼球の中に持ってそうな奴だな。で？　そいつがどうしたって？　あやかしを寄せ付けない？」

「ええ。だから——おれは、そいつを目の前にすると、すげえ気分がささくれ立つんですよ。そいつのことを考えるだけで、気分がざらざらになります。それは、あやかしが、そいつにおれが近付かないように、明に暗に、邪魔をしているってことなんですけれど——今日、あなたがこの街に来たお陰で、その邪魔がなくなったんでしょう、そいつに対して、何の苛つきも、憶えません。むしろ好感すら抱きます」

「へえ。よかったじゃねえか。それで？」

「でも、今——」

四月一日は言う。

「おれはあなたに、むかついてる」

「…………」

「今、この街にあやかしがいないんなら、これはあやかしのせいじゃなくて、おれの気持ちだ——どうしてこんなにむかついているのか、本当のところはわからないけれど、でも、だから、これを否定することは、できません。あなたはあやかしよりも目障りだ」

じゃあ——もなければ、えっと——もない。

化町のことが——ただ、嫌いだ。

そう思った。

「あっそ」

対して化町は——大して思うところもなさそうに、むしろ、四月一日のその発言はまるで予想通りだとばかりに、軽く肩をすくめるだけだった。

「いいんじゃねえの、別に、そういうの」

「…………」

「振られちゃったぜ。やっぱ、仲間を作るのは難しいな——才能が対等に揃えばいいってもんでもない。いいぜ、好きにしなよ。初対面の人間に嫌われるのは、俺にとっちゃいつもの日常だ。安心しろ、俺もお前のことは、大嫌いだ」

よかったな、嫌いな奴に好かれてなくて、と化町。

「色々試すようなこと言って、悪かったな。どれくらいのチャンスを棒に振ったかわかったときには、もう遅いけれど、その様子じゃ、それがわかることは、かなり先まで、なさそうだしな」

言って——化町は、ベンチの同じ位置に、座り直した。

何のつもりかと四月一日は怪訝に思っていると、化町は、

「何見てんだよ」と、至極鬱陶しそうに言う。

「振った方がその場を去るのが、告白イベントのお約束だろうが。最近の高校生はその程度の礼儀も弁えてねえってのか？　悲しいねえ、馬鹿。こう見えても俺、傷ついちゃってんだから、そっとしといてやれよ」

「……わかりました」

四月一日は、鞄と、鍋の具が詰め込まれたスーパーの袋を手にとって、ベンチを立った。何となく、後ろ髪をひかれるように、化町を振り返るが——化町は既に四月一日を見てはおらず、ベンチの背もたれに思い切りもたれるように上半身を反らし、ただただ、空を見上げていた。

思う。

瞳術を使えるようになる以前、化町の眼には——空はどう見えていたのだろう。やはり、四月一日と同じようにあやかしが、そしてまやかしが——詰まっていたのだろうか。

訊こうかと思ったが——やめた。


とんだ気の迷いだ。そんなことを訊いてどうする。世界を、感情を、共有でもするつもりか。

四月一日は、一人、意味もなく頷いてから、そっと踵を返し、化町に黙って背を向けて、そのまま、公園の出口へと、向かう。

五歩ほど進んだところで、

「よお」

と、背後から声をかけられた。

もう、振り向かない。

背後からの声は——そのまま続ける。

「お前、やたらと長生きすんぜ」

「…………」

「異色眼の使い手は、例外なく長命なのさ。殺されでもしない限りな。早死にできないなんて、気の毒に。お悔やみ申し上げるよ、馬ー鹿。何の意義もなく無駄に生きて、何の意義もなく無駄に死ね。一生、下働き、続けてな」

決して振り向くことなく——四月一日は公園を出た。

幸福を願わない女性がいた。

彼女は、怯えていた。

友情を願う女性がいた。

彼女は、怯えていなかった。

どちらが正しいということでもない。

強いて言うなら、どちらも間違いだった。

どちらも失敗だった。

失敗。

だが——きっと、それで彼女達は、失った。

大切なものを、失ったはずだ。

敗れただけじゃない。

彼女達には、一体、何が視得ていたのだろう。

四月一日にあやかしが視得るよう——きっと、彼女達だけにしか、それぞれ、視得なかったものがあるはずだ。本来、見えてはならないはずのものが——視得ていたはずだ。

それを四月一日が見ることは叶わない。

それは彼女達の眼球の中にしかないからだ。

四月一日にとって、眼中にない。ならば——それならば、この際、多少の矛盾には、目を瞑るしかないだろう。


自分が正しいとも思わない。

自信もなければ自覚もない。

多分、今日のことを、明日には後悔するだろう。

その考えも、明後日には変わるかもしれない。

そんなものだ。

だから今日のところは——鍋を作る。

「……あれ」

気がつけば——壁に手をついていた。

公園を出てから、そんなに歩いたわけでもないのに——大して疲れたわけでもないのに、自然と、黒い壁に、手をついていた。

黒い壁（クロイカベ）——見覚え（ミオボエ）のある、黒い壁（クロイカベ）。

この壁の中に、どんな店があり、そこにはどんな店主が陣取っているのか——四月一日君尋は、知っている。

嫌というほど、知っている。

嫌になるほど、知ってきた。

「はは……どうなってんだ、これ」

百円ショップはどこへ行ったのか。

化町婆娑羅の眼力は、関係なかったのか。

あるいは、全ては四月一日の白昼夢だったのか。

考えるだけ無駄な、それは、疑問だった。

小さな価値の——集う店。

引き寄せられるように——門扉から、壁の内側へと、這入る四月一日。かつてそうしたように、いつもそうしていたように、店の引き戸を開け、中へ、中へ、中へ——

最後に障子を開けると。

そこに、壱原侑子がいた。

ソファの上に尊大に寝そべって——長い煙管(キセル)を咥えて、手酌で、日本酒を呑みながら。

煙を吐きながら、開口一番、そう言った。

「遅刻よ」

「バイト代、引いておくわ」

「…………」

四月一日君尋は、何も言わず——彼女の眼を見る。

——残忍な眼。

——怖い眼。

——酷い眼。

——妖艶な眼。

——硬質な眼。

——人を人とも思っていない眼。

——人を裏側から見るような眼。

——見透かしたような眼。

——値踏みするような眼。

——世界を逆様に規定する眼。

——世界の有様を否定する眼。

そんな、眼。

一体、その眼球の内に——

彼女は、どんな世界を、含んでいるのだろう。

「ん？」

と、侑子は、そんな四月一日の視線に——疑問そうに、首を傾げる仕草をする。

「どうしたの。えらく不景気な顔をしているじゃないの、四月一日(ウツキ)」

「……一瞬見逃しそうですが、ルビが間違って……いや、間違っていないと言えば間違っていないんですか？　だとしても、侑子さん……相変わらず酷いことを言いますね」

「あたしだって本当は可愛い四月一日に対してこんなことは言いたくないんだけど、四月一日のためを思って、身体を鬼にしているのよ」

「身体を鬼って、それ、ただの鬼じゃないですか！」

「何かあったんなら遠慮なく話して御覧なさいよ、四月一日。ほら、あたしって、『オバケのQ太郎』で言えば、U子さんなんだからさ」

「そのまんまだー！」

「ちなみに四月一日は正ちゃんね」

「普通だー！」

「ふふふ。繰り返しギャグはちょっとずつアレンジを加えていくのがポイントよ」

「だとすれば最後の最後にとんでもない大落ちを持ってきたもんですねえ！」

「最後？　何を言っているの。繰り返しギャグは五十六億四千万回までよ」

「あんた、人類が滅ぶまでこんなことを続けるつもりですか⁉　最後の一回は、一体どんなネタになってるか、想像もつかないっすよ！」

「で」

壱原侑子は、意地悪そうに笑う。

それは——作り笑いではない。

人間みたいな、笑みだった。

「何かあたしに、お願いごとが、あるのかしら？」

「侑子さんに、お願いごと——」

その質問に対し——四月一日は。

何を思い出すこともなく何を考えることもなく。

何を視るでもなく。

「——今日くらい、あったらいいなと思ったことはありませんね」

と、答えた。

それに対し、

「あっそう」

と侑子は、満足そうに頷く。

「それより、侑子さんこそ、どうなんです？　おれに——たとえばこのおれに、叶えて欲しい願いとか、ないんですか？」

「あら、随分と大きく出たものね。あたしのお株を奪おうって言うの？　ここは願いを叶える店——よ。ふふん。たとえ話にかこつけた、いずれこの店を乗っ取ってやろうというバイトくんの宣戦布告と見るのは、このあたしの思い過ごしかしら ね」

「それは思い過ごしだと思いますが……」

「……そう、ここはどんな『願い』も叶う店。これまで、数え切れないくらい多くの人間が——数え切れないくらい多くの『願い』を抱いた人間が、この店を訪れたわ」

「数え切れないくらい……ですか」

「ええ、数え切れないくらい……そう、およそ二億人くらい」

それは多分嘘だ。

「その内、半分くらいの人間は——喜々として、嬉々として、あたしに対価を差し出すわ。迷いなく、躊躇いなく、自らの、大切な、何にも代え難い『願い』を叶えるために、逡巡することなく、対価を差し出す」

「…………」

「その一方で、残りの半分の人間は、迷いながら、躊躇いながら——恋々として、悲々として、あたしに対価を差し出すの。断腸の思いで、後悔しながら、おっかなびっくり、明らかに自分は損をしていると、確信しながら。そう——今の四月一日みたいにね」

「おれ——みたいに。や、おれは——」

「そのどちらも、願いの叶うことには変わりはない。ここは願いの叶う店。あたしは客を差別しない。どんな思いで対価を差し出そうが、それが対等であれば、何ら関係ないわ。抱いているものが願いであれば、何でも叶う。ただし——概ね、前者の人間達は願いが叶うことにより不幸せになり、後者の人間達は願いが叶うことにより幸せになることが、多いようね」

至極どうでもよさそうに、侑子は言う。

「何があったか知らないけれど、何があってもあなたは全力で迷いながら、自分の願いを叶えればいいわ」

迷いながら。後悔しながら。失敗しながら。

信じず。頼らず。当てにせず。

自分の対価で——叶えればいい。

「ところであたしの願いを叶えてくれるんだっけ?」

侑子は言った。

「では、まずはほうじ茶を、用意なさい」

○ ○

□□（イジョウ）で□□（コンキ）の□□□□（ガンキュウチキュウロン）の□□（ハッピョウ）を□（オ）える。
□□□（ゲンダンカイ）で□（オオヤケ）にできる□□（ハンイ）はここまでであり、これ□（イ）

□(コウ)の□(ツ)めに□(カン)しては、お□(ハ)ずかしい□(カギ)りではあるが、□(イマ)のところ□□□(ミカンセイ)である。その□□(イミ)では、やはり□□□(ガンキュウチ)□□(キュウロン)は□□(カセツ)の□(イキ)を□(デ)ないのだ。[redacted]。□(ユエ)に、その□(アタ)りはいずれ□□(キカイ)を□(アラタ)めての□□(ハッピョウ)となると□(オモ)うが、そのときのためにも、ここまでで□□(ショクン)が□(イダ)いた□□(ギモン)をこの□□(ジテン)で□(ウ)け□(ツ)けておきたい。[redacted]。□□□□□(ガンキュウチキュウロン)は□□□□(ショウニンズウ)で□□(カンセイ)できる□□(シュルイ)の□□(リロン)ではないので、どうか□□(ナニトゾ)、□□(ジュウナン)な□□(ハッソウ)に□(モト)づく□□(ユウコウ)な□□(シツモン)を□□(キタイ)している。

□□(イチオウ)、□(ネン)の□(タメ)に□□(ホソク)しておくと、[redacted]の□□(ガンキュウ)については、□□□(イショクガン)としてはよくある□□(ジレイ)の□(ヒト)つであり、□□□(トクベツアツカ)いして□(カンガ)えるのは□(サ)けるべきである。あまり□(カレ)のことだけにかまけていると、□(ロン)の□(ハシラ)がおろそかになってしまうだろう。[redacted]。しかし□(カレ)がその□□(サユウ)の□□(ガンキュウ)の□(ウチ)に□(フク)んでいた□□(セカイ)は、□□□(ワタシタチ)にとって□□□(キョウミブカ)い□(モノ)がある。□(トク)に、[redacted]のことを□(シ)らない□(モノ)にとっては、□□(ゲンジツ)の□□(オモシロ)い□□(ソクメン)が観察できるはずだ。

[redacted]、[redacted]、[redacted]。[redacted]。[redacted]、[redacted]。

□(ワス)れないでもらいたいのは、□□(ショクン)の□□(ガンキュウ)の□(ナカ)にも、それぞれ□□(ドクジ)の□□(セカイ)があるということだ。□(ワタシ)や[redacted]の□□(ガンキュウ)だけが、□□(ドクジ)の□□□□(イギョウセカイ)を□(フク)んでいるわけではない。□□(ショクン)の□□(ガンキュウ)にある□□(セカイ)が、□(カタワ)らにある□(タ)□(ニン)の□□(ガンキュウ)にある□□(セカイ)と□□(ドウイツ)の□(モノ)であるなどという□□(カンチガ)いを、どうかゆめゆめなさらぬように、□(ツヨ)くお□(ネガ)いする□□(シダイ)である。

[redacted]、[redacted]、[redacted]。[redacted]、[redacted]。[redacted]、[redacted]。[redacted]。

[redacted]。

[redacted]、[redacted]？

（了）

あとがき

ランドルト環というのは眼科医のランドルト先生が考案された、今では広く視力検診表で使われている、アルファベットでいうところの『C』に似た形のアレのことですが、ラ環と略されることも多いので、そっちの方で言った方が通りがよいかもしれません。当たり前のように接しているとそのすごさはいまいち伝わりにくいものなのですが、このランドルト環の優れているところは、知力学力に関係なく、純粋に視力のみを測れるということだそうです。まあ確かに『鬱』とか『鞶』とか『麤』とか『鸝』とかが視力検診表に記されていたら、とてもじゃありませんが、子供には読めませんよね。大人にも読めないかもしれません。正直後ろの二つは印刷に出るかどうかも心配です。その点、ランドルト環の場合、その単純な形態ゆえに、右と左、上と下だけわかっていれば、いえ極端な話、右と左、上と下さえわかっていなかったところで、子供だろうと大人だろうと関係なく、その目の視力を測定できるというわけです。ところで僕なんかは今のところ割と視力がいい方なんですが、子供の頃から視力検診の際、本筋とは離れたところで、ちょっとした不安を抱いていました。『上』『下』『右』『左』とランドルト環が表示される中、突然『O』、つまりどこも空いていないただの環が登場したらどうしようと思っていたのです。いやそんなもん登場するわけないし、登場したとしても『どこも空いていません』と言えばいいだけなのですが、そういった予測不可能な事態に対応できる自信がなかったという感じでした。まあ『O』はやり過ぎにしても、『右斜め上』や『左斜め下』くらいなら有り得てもおかしくないわけで（実際に見たことこそありませんが、実在するという噂も聞いたことがあります）、そんなものが見えたとき、見えてしまったとき、果たして見えたと言うべきなのか、見えないという言うべきなのか、ちょっとわかりません。素直に『右斜め上』とか言って、眼科医さんに「いや、そんなラ環、ありませんけど」みたいな顔をされたらショックです。「あーあ、見えないからって勘で言っちゃったよ」とか思われちゃってます。だってそう見えたんだからしょうがないじゃんとか言っても、水掛け論にしかなりません。というか、その場合、間違っているのは明らかにこちらですから、水掛け論にすらなりません。そう言えば一度だけ、勘で視力2・0を達成したことがありましたけれど、あのときの僕には、一体何が見えていたんでしょう。

本書はＣＬＡＭＰ先生の人気漫画作品『×××HOLiC』のノベライゼーションです。ノベライゼーションってどんな感じなんだろうと思っていましたが、書いてみれば大体こんな感じでした。ともあれ、大好きなＣＬＡＭＰ先生の作品に携わることができたというだけで僕としてはもう言うことはありません。とてもやりがいのある楽しい仕事だったと思います。そんなこんなで『××× HOLiC アナザーホリック　ランドルト環エアロゾル』でした。あ、前センテンス、エアロゾルについて触れるの忘れてますね。でもエアロゾルに関する私的エピソードなんてありませんよ。

空と大地と本書に関わってくださった皆様が、どうか幸せでありますように。

西尾維新

初 出 一 覧

第一話　アウターホリック　『コミックファウスト』（講談社MOOK）2006年6月
第二話　アンダーホリック　書き下ろし作品
第三話　アフターホリック　書き下ろし作品

著者・原作者紹介

西尾維新

1981年生まれ。2002年、『クビキリサイクル』にて第23回メフィスト賞を受賞、デビューする。以降、デビュー作をシリーズ第一作とする<戯言シリーズ>で、10代から20代にかけての若い読者を中心に、エンタテインメント界の現在を代表する熱狂的な支持を集める。

CLAMP

いがらし寒月、大川緋芭、猫井椿、もこなの女性4人からなる創作集団。1989年、『聖伝』でデビュー。以降、『東京BABYLON』『X』『魔法騎士レイアース』『カードキャプターさくら』など、まんが界を揺るがすヒット作品を連続して発表している。

×××HOLiC(ホリック) アナザーホリック ランドルト環(かん)エアロゾル

2006年8月1日　第一刷発行

著者 —— 西尾維新(にしおいしん)

原作者 —— CLAMP(クランプ)

発行者 —— 野間佐和子

発行所 —— 株式会社講談社

東京都文京区音羽2-12-21　郵便番号 112-8001

電話　出版部 03-5395-4114

販売部 03-5395-5817

業務部 03-5395-3618

本文データ制作 —— 講談社文芸局DTPルーム

印刷所 —— 凸版印刷株式会社

製本所 —— 株式会社若林製本工場

N.D.C.913　182p　22cm

ISBN4-06-213509-4